MERLIN FINDET EINE VERTRAUTE

MERLINS MAGISCHE ABENTEUER
BAND 1

MOLLY FITZ

KATZENGEHEIMNISSE

Übersetzung ins Deutsche: Annika Mirwald
Cover-Designer: JoY Author Design Studio

Katzengeheimnisse
PO Box 873403
Wasilla, AK 99687

ÜBER DIESES BUCH

Mein Name ist Gracie Springs, und ich habe keine magischen Kräfte ... aber mein Kater allem Anschein nach schon! Ich hatte da zunächst so ein Gefühl, als ich sah, wie er einem Rotkehlchen in unserem Garten hinterherjagte und ungewöhnlich hoch in die Luft sprang. Als er dann auch noch mit mir sprach, gab es keinen Zweifel mehr!

Zu allererst hat er sich über den Namen beschwert, den ich ihm gegeben habe – dabei passt „Flauschi“ einfach perfekt zu ihm und seinem Wuschelfell! Mittlerweile haben wir uns auf „Merlin, der magische Flausch“ geeinigt. Seiner Ansicht nach spiegelt das zumindest seine ehrbare Abstammung ausreichend wider.

Anschließend hat er mir eröffnet, dass ich als

seine Vertraute über seine geheimen Kräfte Stillschweigen bewahren muss, andernfalls würde ich für den Rest meines Lebens ins magische Kittchen wandern. Hätte ich gewusst, dass ich ständig seine Spuren verwischen und mich aus ziemlich brenzligen Situationen herausflunkern muss, hätte ich nicht so leichtfertig eingewilligt.

Als schließlich auch noch mein Chef, der Besitzer des örtlichen Cafés, mausetot umfällt, wenden sich die Dinge von kompliziert zu unmöglich … insbesondere, weil ich in aller Augen scheinbar die Tatverdächtige bin.

Hoffentlich hat mein magischer Kater noch einige Zaubertricks auf Lager, um uns aus dieser Situation zu retten, sonst stecke ich wirklich in der Klemme!

ANMERKUNG DER AUTORIN

Hallo. Danke, dass du dieses Buch gekauft hast. Wenn du ebenfalls ein großer Fan von spannenden, schrägen Tierkrimis bist, sollten wir unbedingt Freunde werden.

Wie wäre es, wenn du direkt einmal meine Facebook-Seite besuchst, die ich speziell für meine treuen deutschen Leser eingerichtet habe? Hier der Link dazu: **Facebook.-com/Katzengeheimnisse**

Oder melde dich für meinen Newsletter an und sichere dir als Abonnent gratis ein digitales Geschenkpaket, einschließlich einer exklusiven Kurzgeschichte über Octocat: **Katzengeheimnisse.com/Abonnieren**

Ich bin sicher, wir werden eine Menge Spaß miteinander haben. Also schnell umblättern …

Wir sehen uns dann auf der nächsten Seite.

MOLLY

1

Mein Name ist Gracie Springs und ich bin eine ganz gewöhnliche, junge Frau. Während ich für meinen Masterabschluss in Soziologie studiere, arbeite ich nebenher als Barista. Mit den Kursen bin ich so weit durch, allerdings fehlt mir noch die zündende Idee für ein gutes Thema, über das ich meine Masterarbeit schreiben möchte. Aber genau das brauche ich für meinen Abschluss.

Ups.

Ich wohne in Elderberry Heights, einer kleinen Stadt in Süd-Georgia, in der sonst nur Rentner ab siebzig aufwärts leben. Das Haus, in dem ich wohne, gehörte eigentlich meiner Großmutter Grace, die sich für ihren Lebensabend in ein spritziges Seniorenheim nach Florida zurückgezogen hat.

Also hat sie mir das Haus, in dem sie meinen Vater und meine Onkel großgezogen hat, als frühes Erbe vermacht, weil ich ja schon immer ihre Lieblingsenkelin gewesen sei – und nicht nur, weil wir den gleichen Namen haben.

Sie hat mir zudem ihre gesamte Einrichtung dagelassen, unter anderem mindestens drei Dutzend gehäkelte Zierdeckchen, braungeblümte Sofas und goldbraune Beistelltische aus Eiche. Ich bringe es einfach nicht übers Herz, irgendetwas zu verändern … das kann ich mir auch gar nicht leisten.

Außerdem hat Oma Grace mir diesen zerzausten Kater hinterlassen, der wenige Tage vor ihrem Umzug und meinem Einzug einfach bei ihr aufgetaucht ist. Laut dem Tierarzt ist er eine Maine Coon. Meiner Meinung nach ist er viel größer als normale Katzen, mit den Massen an gestreiftem Fell, das ihn wie einen buchstäblichen Flauschball aussehen lässt.

Deswegen habe ich ihn auch Flauschi getauft.

Unfreiwillige Katzenbesitzerin zu werden, habe ich gern in Kauf genommen gegen ein kostenloses Dach über dem Kopf, und mittlerweile ist mir Flauschi auch ein wenig ans Herz gewachsen. Er ist jedoch nicht sonderlich verschmust. Jedes Mal, wenn ich ihn hochheben wollte, hat er die Krallen ausgefahren. Zweimal ist es ihm sogar gelungen, mich ordentlich blutig zu kratzen.

Also lasse ich ihn, wo er ist. Manchmal, wenn ich ganz still dasitze und so tue, als sei ich abgelenkt, legt er sich auf meinen Schoß. Einmal hat er sogar geschnurrt.

Flauschi ist ziemlich verfressen und bedient sich beim Abendessen oft an meinem Teller. Außerdem scheint es ihm einen Heidenspaß zu machen, mitten in der Nacht wie ein Wahnsinniger durch die Gänge zu rasen.

Eigentlich hatte ich nicht vorgehabt, ihn aus dem Haus zu lassen, aber er ist ein schlaues Kerlchen und findet immer einen Weg. Schließlich habe ich klein beigegeben und eine Katzenklappe angebracht, um mich nicht mehr länger damit herumschlagen zu müssen.

Und das bringt mich zu diesem Morgen …

Ich war spät dran, weil ich mich mit einem viel zu komplizierten Make-up-Tutorial auf YouTube abgeplagt habe. Letztendlich habe ich mir das Desaster wieder komplett vom Gesicht geschrubbt und mich für die vertraute Kombination aus Smokey Eye und dezentem Lippenstift entschieden. Es war definitiv keine gute Idee, etwas Neues kurz vor der Arbeit auszuprobieren.

Vor allem, weil mein fieser Chef nur nach einer Gelegenheit suchte, mir das Gehalt zu kürzen. Es wurmt ihn immer noch, dass vor Kurzem eine beliebte Cafékette ein paar Straßen weiter aufgemacht und ihm den Profit abgeluchst hat. Aber weil er ungeheuer stur ist und sich die Niederlage nicht eingestehen will, hat er sein ganzes Team behalten, teilt uns jedoch nur noch zu kurzen Schichten ein und versucht, an allen Ecken und Enden zu sparen.

Ein echt toller Kerl!

Da ich Flauschi seit dem Frühstück nicht mehr zu Gesicht bekommen hatte, wollte ich vor meiner Schicht noch einmal nach ihm sehen.

„Flauschi! Flauschi! Hier, Katerchen!“, rief ich und schnalzte mit der Zunge, aber er ließ sich nicht blicken. Das tut er nie. Es ist meine Aufgabe, ihn aufzuspüren.

Endlich entdeckte ich ihn im Garten, mit dem Hinterteil in die Höhe gestreckt, den Körper flach auf den Boden gedrückt, bereit zum Sprung. Ein paar Meter entfernt badete ein argloses Rotkehlchen in der steinernen Vogeltränke meiner Großmutter, worin sich noch ein paar letzte Tropfen befanden, die nicht in der Sommersonne verdampft waren.

Flauschis Hintern wackelte gebannt.

Dann sprang er los, aber das Rotkehlchen bemerkte ihn und flatterte davon.

Flauschi flatterte hinterher.

Es war nicht nur ein einfacher Katzensprung. Er wirkte wie ein samtpfotiger Basketball-Spieler, der den Ball im Korb versenken will. Höher und höher folgte er seinem gefiederten Opfer. Selbst nach zwei Metern schien er immer noch weiter Richtung Himmel zu gleiten.

Plötzlich drehte er den Kopf und bemerkte mich. Seine smaragdgrünen Augen hielten meinen Blick gefangen, und für einen Moment schien er reglos mitten im Sprung festzustecken.

Dann drehte er sich abrupt wieder um, durchbrach den eigenartigen Augenblick, landete auf dem Boden und lief davon. *Was zum Henker ist denn da gerade passiert?*

* * *

Ich machte den Schlafmangel und meine wilde Fantasie für die Szene mit dem fliegenden Flauschball verantwortlich und düste mit dem Auto los in Richtung Harolds Kaffeehaus.

Obwohl ich sowohl die erlaubte Höchstgeschwindigkeit als auch ein paar Stoppschilder missachtete, kam ich drei Minuten zu spät zu meiner Schicht. Mein Chef, der gute Harold höchstpersönlich, wartete bereits hinter der Eingangstür auf mich.

Er tippte sich auf das Handgelenk, an dem er überhaupt keine Uhr trug, und keifte: „Wann kapierst du es endlich? Drei Minuten bedeuten drei Dollar, und weil das schon dein zweites Mal diese Woche ist, verdopple ich den Betrag!“

Schnaubend drängte ich mich an ihm vorbei, um mich einzustempeln.

„Gracie! Hörst du mir überhaupt zu?“, fragte er und watschelte mir wie ein knatschiges Küken hinterher.

„Ja, Sie ziehen mir sechs Dollar dafür ab, dass ich drei Minuten zu spät bin, obwohl der Laden leer ist und Sie uns ohnehin nur den Mindestlohn zahlen. Und das auch nur, weil Sie gesetzlich dazu verpflichtet sind. Bald muss ich Sie bestimmt für das Vergnügen bezahlen, mir hier die Beine in den Bauch zu stehen, während unsere Kunden um die Ecke bei Mermaid’s Brew rumhängen. Stimmt das in etwa?“

Harold lief puterrot an. „Was für eine Frechheit!“, schrie er. „Wenn es nicht so teuer wäre, jemand neues anzulernen, würdest du auf der Stelle hier rausfliegen. Hast du vielleicht ein Glück, dass ich …“

Er stolperte einen Schritt zurück, schüttelte den Kopf, und setzte erneut an. „Hör gut zu, Gracie, du hast wirklich Glück, dass …“

Erneut brach er ab, japste nach Luft und sank innerhalb von Sekunden zu Boden.

„Harold, Harold!“, rief ich, ließ mich neben ihm auf die Knie fallen und versuchte festzustellen, ob er atmete.

Das tat er nicht.

Ich ergriff sein Handgelenk und fühlte nach seinem Puls.

Nichts.

Oh-oh.

2

Gerade war mein Chef tot vor allen Anwesenden zusammengebrochen – zumindest vor mir und meinen zwei Mitarbeitern und einer einzelnen Kundin, die in einer Ecke des Cafés einen Eiskaffee trank. Obwohl ich keinen Puls fühlen konnte, versuchte ich, ihn wiederzubeleben. Aber es war zu spät für Harold.

„Ich rufe den Krankenwagen!“, rief Kelley, unser neuestes Teammitglied, hinter der Kasse stehend.

Drake, unser Schichtleiter, schlurfte hinüber zur Tür, drehte das „Geöffnet“-Schild um und ließ die Jalousien herunter.

„Entschuldigung, Miss“, sagte ich zu unserer einzigen Kundin. „Leider müssen wir Sie bitten zu gehen, aber wenn Sie Ihre Treuekarte dabei haben, gebe ich Ihnen ein paar Extrastempel als Wiedergutmachung für die Unannehmlichkeiten."

Wäre Harold noch am Leben gewesen, hätte er mich dafür sicher gefeuert, da er stets mit Leib und Seele versucht hatte, seinen Angestellten und Kunden gleichermaßen das Geld aus der Tasche zu ziehen. Aber das spielte nun keine Rolle mehr.

Die Frau musterte mich mit großen, grünen Augen, nahm einen letzten, tiefen Schluck und warf den Rest dann in den Müll, bevor sie ihre Sachen zusammenpackte und das Café eilig verließ. Was ich ihr wirklich nicht verübeln konnte.

Im nächsten Moment klebte auch schon Kelley an meiner Seite. „Der Krankenwagen ist unterwegs."

„Das bringt auch nichts mehr, wenn der Mistkerl schon tot ist", erwiderte Drake mit finsterer Miene.

„Sowas solltest du nicht sagen!", rief Kelley aus und fasste sich schockiert an die Brust. „Immerhin hat hier gerade ein Mann sein Leben verloren."

„Es war wahrscheinlich ein Herzinfarkt", vermutete ich achselzuckend. „Tragisch, aber sowas passiert ständig. Außerdem war Harold nicht gerade gut in Form."

„Allerdings", fügte Drake mit einem sarkastischen Lachen hinzu, verschränkte die Arme vor der Brust und lehnte sich gegen die Theke. „Und wenn man bedenkt, dass sein Herz drei Größen zu klein war, ist es ein Wunder, dass er überhaupt so lange durchgehalten hat."

Ich presste die Lippen aufeinander. Auch wenn ich Drakes Meinung bezüglich Harold teilte, war es trotzdem furchtbar, seinen Tod mit ansehen zu müssen. Hinzu kam noch die Ungewissheit, ob ich meinen Job behalten können würde. Alles in allem also ein echt lausiger Tag.

Durch die ein wenig zu kurz geratenen Jalousien spähten einige Schaulustige in das Café. Einer klopfte trotz des deutlichen „GESCHLOSSEN"-Schilds sogar an die Tür. Drake hämmerte von der anderen Seite dagegen und beschimpfte die potenziellen Kunden.

Inzwischen entschloss ich mich dazu, meiner Arbeit nachzugehen, obwohl es nicht wirklich etwas zu tun gab. Ich wischte alle Tische und die Theke ab, in der Hoffnung, dass die Sanitäter bald auftauchen würden. Irgendwie war es richtig unheimlich, mit einem Toten in einen Raum gesperrt zu sein.

Drake schien es ähnlich zu ergehen, denn er tigerte unablässig hin und her, während er vor sich hinmurmelte.

Endlich traf der Rettungswagen ein. Kelly hatte sich in der Zwischenzeit auf einem der knautschigen

Klubsessel zusammengekauert und schluchzte leise vor sich hin.

Da keiner meiner beiden Kollegen sprechfähig zu sein schien, begrüßte ich also die Sanitäter, die von einer Polizistin begleitet wurden, und schloss erneut die Tür hinter ihnen.

„Er liegt dort drüben“, sagte ich und führte sie in den hinteren Bereich des Gebäudes, in dem sich Harolds kleines Büro sowie unsere Garderobe und die Stempeluhr befanden.

Der arme Harold saß mit dem Rücken gegen die Wand gelehnt, den Kopf in einer ungemütlich aussehenden Position zur Seite geknickt. Eine Hand lag auf seiner Brust, die andere hing schlaff an seiner Seite herab. Sein Gesicht wirkte bereits wachsbleich und blutleer, was auch kein Bestatter mehr mit Make-up würde überschminken können.

Die Sanitäter knieten nieder und untersuchten ihn sofort, während die Polizistin neben mir stehen blieb. „Gibt es hier eine Ecke, in der wir uns unterhalten können?“, fragte sie mit steinerner Miene.

„Klar.“ Ich führte sie zu der einzigen Essnische, die noch aus dem früheren Leben des Cafés als Pfannkuchen-Restaurant übrig geblieben war. „Möchten Sie vielleicht einen Kaffee?“

Sie schüttelte den Kopf und deutete auf das

Namensschild an ihrer Brusttasche. „Ich bin Beamtin Dash. Wer sind Sie?“

„Gracie. Gracie Springs.“

Sie holte ein kleines Notizbuch hervor, schlug eine leere Seite auf, zog einen Stift aus der Ringbindung hervor und hielt ihn über das Papier. „Und Sie haben für den Verstorbenen gearbeitet?“

„Ja, seit ein paar Monaten.“

Stirnrunzelnd kritzelte Beamtin Dash in ihrem Notizheft herum.

„Warum ist das wichtig?“, fragte ich und trommelte mit den Fingern auf die Tischplatte.

„Ich will nur die Fakten festhalten, für den Fall, dass wir später darauf zurückkommen müssen.“

„Was soll das heißen?“

Sie sah mich mit hochgezogener Braue an. „Schon mal den Ausdruck gehört: unschuldig, bis die Schuld bewiesen wird?“

Ich nickte.

„In diesem Fall gilt der Tote als ermordet, bis bewiesen wird, dass er einen natürlichen Tod gestorben ist. Wir können nicht einfach annehmen, dass es keine Fremdeinwirkung gab, denn bis der Bericht des Gerichtsmediziners vorliegt, haben wir längst die Gelegenheit verloren, den Tatort zu untersuchen.“

Meine Gedanken rasten. Harold konnte doch unmöglich ermordet worden sein. Oder …

„Moment mal“, murmelte ich, als mir etwas Furchtbares dämmerte. „Sie glauben doch nicht etwa, dass ich etwas damit zu tun hatte?“

Beamtin Dash grinste spöttisch. „Der Notrufleitstelle zufolge hatten Sie einen heftigen Streit mit dem Verstorbenen bevor er zusammengebrochen ist.“

„Ja, aber Sie können doch unmöglich …“

„Und haben Sie sich oft mit ihm gestritten?“

„Schon, aber ich habe ihn nicht …“

„Tja, Gracie Springs, beten Sie besser, dass Harold an einem Herzinfarkt oder Aneurysma oder sonst irgendeinem gesundheitlichen Problem gestorben ist. Ansonsten stehen Sie nämlich ganz oben auf meiner Liste der Verdächtigen.“

3

Körperlich und geistig erschöpft kehrte ich nach Hause zurück. Nach Harolds Tod war alles so schnell geschehen. Die Andeutungen von Beamtin Dash waren erst so richtig eingesunken, als ich bereits im Auto auf dem Weg nach Hause saß. Jetzt, da ich Zeit zum Nachdenken hatte, stellten sich mir ein paar dringliche Fragen. Warum war sie so sicher, dass er ermordet worden war? Und warum glaubte sie, dass ich es getan hatte?

Sicher, Harold war bei vielen Leuten unbeliebt gewesen, aber niemand hatte Grund gehabt, ihn umzubringen – ich am allerwenigsten. Wieso hätte ich das tun sollen, wenn ich doch einfach hätte kündigen können, um ihn nie wiedersehen zu müssen?

Mir wurde ganz flau im Magen … und mulmig zumute. Ich wollte diesen Albtraum nur noch hinter mir lassen und zu meinem alten, wenn auch etwas langweiligen Leben zurückkehren.

Obwohl es erst früher Nachmittag und über fünfundzwanzig Grad war, schlüpfte ich in meinen kuschligen Lieblingsschlafanzug aus Flanell. Manchmal vermisste ich meine Heimat im Norden von Michigan, wo es fast ganzjährig kühl war, und mein Schlafi half mir stets – unter Einsatz meines überarbeiteten Tischventilators –, das Heimweh zu bekämpfen.

Gerade wünschte ich mir nichts mehr, als meine Mum zu sehen. Ganz egal, dass ich eine unabhängige Mittzwanzigerin war. Es ging mir nicht gut und ich hatte Angst. Außerdem darf man sich in Zeiten der Not ja wohl an seine Mutter wenden, ob man nun erwachsen ist oder nicht.

Aber das Schicksal schien anderer Meinung zu sein, denn als ich bei ihr anrief, ging sie nicht ans Telefon. Statt ihr auf den Anrufbeantworter zu sprechen, schickte ich ihr eine Nachricht, in der ich sie bat, mich bei Gelegenheit zurückzurufen.

Flauschi miaute und sprang neben mir auf die

Couch. Mit bebenden Schnurrhaaren schnupperte er nach etwas Essbarem in meiner Nähe. Als er nichts fand, nagte er fordernd am Ärmel meines Schlafanzugs.

„Gute Idee", erwiderte ich. „Heute ist definitiv ein Tag für Eiscreme."

Ich löffelte eine kleine Portion Vanilleeis – unser Lieblingsgeschmack – in eine alte Müslischüssel, schnappte mir einen Löffel und den Rest der Eispackung und gesellte mich wieder zu meinem Kater auf das Sofa. Die Schüssel war für ihn, der Rest des Containers für mich.

Während wir unser Eis genossen, berichtete ich ihm, was am heutigen Tag vorgefallen war. „Die Polizistin war so fies", jammerte ich. „Wie kann sie einfach annehmen, dass ich meinen Chef getötet hätte? Es war so furchtbar, ihn sterben zu sehen. Das werde ich im Leben nicht vergessen."

Flauschi setzte sich auf und legte den Kopf schief. Manchmal glaubte ich wirklich, dass er alles verstand, was ich sagte.

„Miau?", maunzte mein Maine Coon.

„Stimmt, ich sollte wohl besser von vorne beginnen. Also, heute ist Harold, mein Chef im Café, gestorben."

„Harold ist ein ätzender Name", murrte Flauschi.

„Ich weiß. Ich hätte auch nicht gedacht, dass heutzutage …“ Abrupt hielt ich inne und klappte den Mund zu. Lange starrte ich Flauschi schweigend an. War ich so aufgewühlt, dass ich mir jetzt schon schräge Dinge einbildete?

Das war doch lächerlich. „Bin ich doof“, kicherte ich und atmete tief aus. „Jetzt glaube ich doch tatsächlich, dass du mit mir sprichst, Flauschi.“

„Ich heiße nicht Flauschi“, erwiderte mein Kater und sprang mit einem Satz vom Kaffeetisch, wo er sein Eis aufgeschleckt hatte, auf die Couch neben mich. „Also nenn mich bitte nicht mehr so.“

„W-w-was?“, stotterte ich und rieb mir ungläubig die Augen. „Ich sehe nicht recht. Das kann nicht real sein.“

Flauschi schnalzte mit der rauen Zunge. „Wohl eher: Du hörst nicht recht. Aber das tust du. Ich spreche mit dir, Gracie.“

Wie von der Tarantel gestochen sprang ich auf und sah mich wild im Wohnzimmer um. „Komm raus und zeig dich!“, rief ich hysterisch lachend, obwohl ich keine Ahnung hatte, wen ich überhaupt meinte. „Guter Witz, haha, Flauschi kann sprechen. Jep, ich bin total durchgedreht! Du hast gewonnen. Also komm raus und lass den Quatsch!“

Flauschi gähnte ausgedehnt, legte sich auf das

Sofa und steckte die Pfoten unter seinen Brustkorb. „Du verhältst dich definitiv verrückt. Und wie ich bereits sagte: Ich heiße nicht Flauschi, also nenn mich bitte nicht so."

Nach Luft schnappend sank ich auf den Boden, bevor ich noch das Bewusstsein verlor. „Das ist alles nicht real. Das ist nicht real", murmelte ich und wiegte mich, ähnlich wie Kelley auf ihrem Sessel im Café, vor und zurück.

„Was ist nicht real?", fragte Flauschi, während er von der Couch sprang und zu mir herüberspazierte.

„Du kannst nicht sprechen."

„Doch, kann ich, aber du scheinst keine gute Zuhörerin zu sein."

„Willst du mir wehtun?"

„Selbstverständlich nicht. Du bist doch meine Essensgeberin. Dummer Mensch."

„Was willst du dann von mir?"

„Hab ich doch gerade gesagt: Essen. Und dass du aufhörst, mich Flauschi zu nennen. Ich bevorzuge durchaus den Namen meiner Vorfahren."

„Äh ... na schön. Und wie heißt du dann?"

„Merlin. Ich stamme von einem altehrwürdigen Geschlecht von Magiern ab, die sich bis zu Lebzeiten des König Arthurs zurückverfolgen lassen."

„Du bist magisch?", fragte ich völlig verblüfft.

„Na logisch“, fauchte mein Kater. Dann wurde alles schwarz um mich.

4

Als ich wieder zu mir kam, war es bereits dunkel draußen. Zu behaupten, ich hätte einen Moment seliger Ungewissheit erlebt, wäre gelogen.

Langsam öffnete ich ein Auge … und sofort fiel mir wieder ein, dass mein Chef direkt vor mir gestorben war und ich als Hauptverdächtige in seiner möglichen Ermordung galt.

Mein anderes Auge flatterte … ach ja, und mein Kater konnte sprechen und behauptete, von einer langen Ahnenreihe von Zauberern abzustammen.

Am liebsten würde ich direkt wieder einschlafen und erst wieder aufwachen, wenn alles vorbei war. Ob es wohl zu spät war, die Uni zu schmeißen und weit, weit weg von hier zu ziehen?

Da ich aber leider wieder wach war, musste ich irgendetwas unternehmen. Ich wusste nicht, was ich wegen meines Katers tun sollte. Es war mir nicht geheuer, allein mit ihm in meinem dunklen Haus zu sein, also entschloss ich mich, zurück zum Café zu fahren, um nach etwas zu suchen, das meinc Unschuld beweisen könnte.

Glücklicherweise besaß ich meinen eigenen Schlüssel, da ich unzählige Male sowohl die Frühschicht als auch die Spätschicht aufgebrummt bekommen hatte. Um auf Nummer sicher zu gehen, parkte ich am anderen Ende des Einkaufszentrums und schlich mich zu Harolds Caféhaus.

Ein Schauer lief mir über den Rücken, als ich mir im Licht meiner Handytaschenlampe den Weg zu dem kleinen Büro im hinteren Teil des Ladens bahnte. Eigentlich sollte ich nicht hier sein, aber noch viel weniger sollte ich eines Mordes bezichtigt werden, den ich nicht begangen hatte. Vielleicht würde ich in Harolds Dokumenten Beweise für eine heimliche Geliebte oder einen erbitterten Rivalen finden. Doch während ich mich durch die Papiere auf dem Schreibtisch wühlte, fand ich nichts weiter als die Stundenauflistungen, die mir eröffneten, dass Kelley mehr verdiente als ich, obwohl sie erst seit Kurzem zum Team gehörte.

Dabei hatte Harold, der Fiesling, mir doch beteuert, mehr als den Mindestlohn könne er mir nicht bezahlen! Ich blätterte weiter durch die wöchentlichen Kassenberichte, doch es schien keine auffälligen Abweichungen in den Beträgen zu geben. Gerade als ich mich dem Aktenschrank zuwenden wollte, hörte ich ein leises Klappern vor der Bürotür.

Panisch erstarrte ich und versuchte, mein rasendes Herz zu beruhigen.

„Bitte sei eine Ratte. Bitte sei eine Ratte", flüsterte ich. Mir war klar, dass ich mich unmöglich vor einem Eindringling würde verstecken können, daher griff ich nach dem schwersten Gegenstand in Reichweite – ein Tacker – und schlich mich aus dem Zimmer.

„Du bist noch unbeholfener als ein lahmendes Fohlen", ertönte eine tiefe, seltsam vertraute Stimme aus dem Schatten.

Mit gespenstisch leuchtenden Augen trat Flauschi – ich meine Merlin – aus der Dunkelheit hervor.

„Was machst du denn hier?", zischte ich.

„Ich weiß, dass du nicht allein mit mir im Haus sein wolltest", sagte er mit peitschendem Schwanz.

„Was? Das … nein. Das stimmt nicht. Äh, wie bist du überhaupt hierhergekommen?"

Er stieß einen tiefen Seufzer aus, und sein Atem roch dank der Eiscreme, die wir vorhin gegessen hatten, nach säuerlicher Milch. „Na wie schon, mit Magie."

„Oh, ähm. Warum? Ich komme hier doch allein klar?" Das kam viel verunsicherter heraus, als es sollte. Wahrscheinlich war ich immer noch zu aufgewühlt wegen meines toten Chefs und meiner sprechenden Katze.

„Natürlich tust du das", schnaubte Merlin verächtlich und schüttelte den Kopf. „Hör zu, mir ist egal, warum du diesen Harold umgebracht hast. Das ist deine Sache, nicht meine. Aber da du nun meine Vertraute bist, muss ich dich bitten, deine Sicherheit nicht so leichtsinnig aufs Spiel zu setzen."

„Wie war das? Was bin ich?"

„Meine Vertraute. Alle guten Hexen und Zauberer haben welche, und vor dir steht nun mal einer der Besten."

„Ich will aber nicht deine ..."

„Zu spät! Da ich dir mein Geheimnis verraten habe, sind wir aneinander gebunden. Es gibt kein Zurück", erwiderte dieser unverschämte Kater mit einem selbstgefälligen Grinsen.

Wie betäubt trat ich einen Schritt zurück. „Sorry, aber das ist alles etwas zu viel für mich. Außerdem habe ich Harold nicht umgebracht!"

„Natürlich nicht."

„Das ist die Wahrheit! Deswegen bin ich hier. Ich suche nach Beweisen, dass jemand anderes es getan hat. Obwohl ich ja immer noch der Ansicht bin, dass er eines natürlichen Todes gestorben ist."

„Ist er nicht", informierte mein Kater mich nüchtern und schnüffelte in der Luft herum. „Ich spüre die Wut und das böse Blut an diesem Ort. Es liegt wie ein dichter Dunst über dem Café."

Skeptisch zog ich eine Augenbraue hoch. „Ach, dann weißt du wohl auch, wer der Täter ist?"

„Keine Ahnung, aber die Ermittlung solltest du besser der Polizei überlassen. Du wirst beschäftigt genug damit sein, die Aufgaben einer Vertrauten zu erlernen."

„Dazu fehlt mir die Energie", schmollte ich und gähnte ausgiebig.

Merlin legte seine Pfote auf meinen Schuh, und mit einem Ruck durchfuhr mich ein kleiner Energieschub – viel effektiver als ein doppelter Espresso!

Mit offenem Mund starrte ich meinen samtpfotigen Gefährten an. „Wow, du bist also tatsächlich magisch, was?"

„Offensichtlich", erwiderte er augenrollend. Ich wusste gar nicht, dass Katzen mit den Augen rollen konnten. „Oh, das darfst du natürlich niemandem verraten."

„Werde ich nicht“, versprach ich mit vor Angst zitternden Händen. „Wem sollte ich es schon erzählen?“

„Das ist nicht mein Problem“, sagte er und trottete davon. „Aber wenn du dich verplapperst, landest du im Handumdrehen in dem schmutzigsten, schäbigsten, schrecklichsten Zauberergefängnis, das du dir vorstellen kannst.“

„Oh.“ Mittlerweile bebten meine Hände so stark, dass ich den Tacker fallen ließ. Er krachte mit einem lauten Knall zu Boden und mir blieb beinahe das Herz stehen.

Mein Kater drehte sich um und warf mir einen vernichtenden Blick zu. „Hör auf mit dem Herumgealber! Du bist jetzt meine menschliche Vertreterin, und ich schätze es nicht, blamiert zu werden.“

Verflixt! Wo bin ich da nur hineingeraten?

5

Zurück zu Hause verschwand Merlin in der Dunkelheit mit einer gemurmelten Erklärung, er müsse sich um magische Geschäfte kümmern und würde meine Ausbildung zur Vertrauten am folgenden Tag fortsetzen.

Ich für meinen Teil fiel erschöpft ins Bett und betete, dass die Welt morgen schon wieder ganz anders aussähe.

Am darauffolgenden Morgen wurde ich durch ein beharrliches Klopfen an der Haustür geweckt. Blinzelnd öffnete ich die Augen und stellte fest, dass die Sonne bereits hoch am Himmel stand. Normalerweise weckte mein Kater mich bei Tagesanbruch auf, weil er Hunger hatte, aber heute gestattete er mir anscheinend, auszuschlafen. Warum nur?

Klopf, klopf.

Und wer trommelte da so hartnäckig gegen meine Tür?

„Ich weiß, dass Sie da sind!", rief die unfreundliche Polizistin von gestern.

Stöhnend rollte ich mich aus dem Bett und fuhr mir halbherzig mit der Hand durchs Haar, um den zerzausten Wuschel zu zähmen. Kaum hatte ich die Haustür geöffnet, drängte sich Beamtin Dash auch schon schnaubend an mir vorbei.

„Bitte, kommen Sie doch rein", murmelte ich sarkastisch und schloss die Tür hinter ihr.

„Kaffee?", bot ich an, schlurfte in die Küche und gähnte laut, um der Polizistin zu verdeutlichen, wie ungelegen sie kam.

„Gerade erst aufgewacht", schüttelte sie missbilligend den Kopf. „Sie schlafen ja ziemlich geruhsam für jemanden, der gerade einen Mord begangen hat. So verhalten sich eigentlich nur Psychopathen."

Ich ignorierte ihre beleidigenden Worte und zwang mich zu einem Lächeln. „Wollen Sie einen Kaffee haben oder nicht?"

Beamtin Dash hob abwehrend die Hand. „Nein, danke."

Seufzend drehte ich mich um, fischte meine Lieblingstasse aus der Spülmaschine und steckte einen Kaffeepad in die Keurig-Maschine.

Als ich mich wenige Minuten später mit einer frisch gebrühten Tasse Kaffee in der Hand wieder der Beamtin zuwandte, stellte ich fest, dass diese es sich an meinem chaotischen Küchentisch bequem gemacht hatte.

Ich stellte meine Tasse ab, schob die Artikel, die ich für meine Abschlussarbeit ausgedruckt hatte, zu einem Haufen zusammen und legte sie beiseite.

Gnädigerweise wartete Dash mit ihrer Hiobsbotschaft, bis ich meinen ersten Schluck Kaffee getrunken hatte. „Der Gerichtsmediziner hat inzwischen bestätigt, dass Mr Harold Harris ermordet wurde. Wir warten zwar noch auf den offiziellen toxikologischen Bericht, aber Sie würden uns viel Zeit ersparen, wenn Sie die Tat einfach gestehen."

Ich ließ mich von den falschen Anschuldigungen der Ermittlerin nicht ködern. „Ich habe meinen Chef nicht umgebracht", presste ich zwischen zusammengebissenen Zähnen hervor.

„Ja, das sagen sie alle."

„Keine Ahnung, wen Sie damit meinen, aber ich sage die Wahrheit."

Beamtin Dash lehnte sich mit weit aufgerissenen Augen in einem offensichtlichen Einschüchterungsversuch über den Tisch. „Wenn Sie es nicht waren, wer denn dann, hm?“

„Das weiß ich doch nicht. Ich bin gerade erst eingetroffen, als er zusammengebrochen ist. Jeder hätte ohne mein Wissen vorher kommen und gehen können. Außerdem weiß ich ja gar nicht, woran er gestorben ist, also kann ich keine Vermutungen anstellen.“ Meine Worte erschienen mir zwar etwas unverblümt, aber das war mir im Moment egal. Ich stand unter Stress, und das viel zu früh am Tag. Dash sollte mir einfach glauben und mich in Ruhe lassen!

Allerdings schien deren Frustration ebenfalls zu wachsen, kleine Schweißperlen bildeten sich auf ihrer Stirn. „Hören Sie mir überhaupt zu? Toxikologie bedeutet Gift. Wir warten nur noch auf die Details.“

„Gift? Tja, Harold hatte eigentlich immer einen Becher Kaffee in der Hand. Wir haben immer darüber gescherzt, dass er das Café nur eröffnet hat, damit seine Koffeinsucht ihn nicht in den Ruin treibt.“ Bei diesen Worten betrachtete ich meine eigene Tasse skeptisch, nahm dann aber doch einen weiteren, tiefen Schluck. Für diese Befragung brauchte ich den Energieschub.

Dash zog einen kleinen Notizblock aus ihrer Tasche und klickte den Kugelschreiber. „Wir? Wer ist damit gemeint?“

Mist.

„Oh, äh. Nur wir Angestellten. Drake und Kelley übernehmen meistens die Schicht mit mir, aber es gibt noch ein paar andere."

Sie musterte mich eingehend. „Also glauben Sie, dass einer Ihrer Mitarbeiter Mr Harris getötet hat?"

„Das habe ich nicht gesagt. Ich habe wirklich nicht die geringste Idee. Der ganze Vorfall schockiert mich ebenso sehr wie Sie."

„Sollte er das Gift durch seinen Kaffee zu sich genommen haben, hatten Sie und Ihre beiden Kollegen ja wohl die beste Gelegenheit, die Tat durchzuführen", stellte sie mit einem unnatürlich steifen Schulterzucken fest.

Ich schüttelte den Kopf. „Damit wollte ich nicht sagen, dass Kelley oder Drake es getan haben. Kelley war furchtbar aufgewühlt."

„Und Drake?"

Statt einer Antwort trank ich einen weiteren Schluck von meinem Kaffee. Ich wollte mich nicht aus der Affäre ziehen, indem ich jemand anderem die Schuld in die Schuhe schob. Außerdem wollte ich die Spielchen der Beamtin nicht länger mitspielen. Als ich die Tasse wieder absetzte, betrachtete Dash mich durchdringend.

Schließlich erhob sie sich und rückte den Stuhl

unter den Tisch. „Wenn ich herausfinde, dass sein Kaffee vergiftet war, dann können Sie mir aber glauben, dass ich im Handumdrehen wieder vor Ihrer Tür stehe."

„Ich habe Harold nicht umgebracht, aber ich werde alles in meiner Macht Stehende tun, um Ihnen bei der Überführung des wahren Mörders zu helfen", rief ich ihr halbherzig hinterher.

„Das sagen sie alle", schnaubte sie mit einem sarkastischen Grinsen. „Ich lasse Ihren Kumpel Drake wissen, dass Sie ihn schön grüßen."

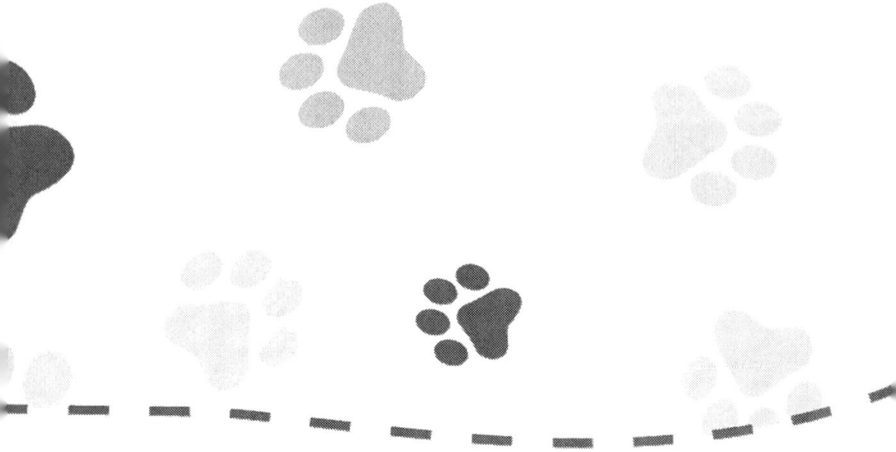

6

Nachdem Beamtin Dash gegangen war, schlüpfte ich in eine verschlissene Jeans und ein sauberes T-Shirt, legte einen weiteren Kaffeepad in die Maschine und wartete auf meine zweite Tasse. Noch bevor das Wasser ganz durchgelaufen war, kam Merlin wie ein Wahnsinniger durch die Katzenklappe gerast.

„Komm schnell, wir dürfen keine Zeit mehr verlieren!", rief er und rannte mehrmals im Kreis durch die Küche.

„Was ist denn los?", japste ich erschrocken. Obwohl ich mich langsam an die Tatsache zu gewöhnen schien, dass mein Kater sprechen konnte, fand ich seinen Hang zur Dramatik noch immer ein wenig überwältigend.

Plötzlich hielt er inne, ließ sich auf die Seite plumpsen und jaulte: „Ganz falsch! Jetzt sind wir beide tot."

„Tot? Warum das denn?"

„Eine Vertraute muss mit ihrem Magier völlig auf einer Wellenlänge liegen. Eine schnelle Reaktionsgabe ist ungemein wichtig. Sie kann den Unterschied zwischen Leben und Tod, Gefangenschaft und Freiheit bedeuten", belehrte er mich von seinem Platz auf dem Boden aus.

Ich rieb mir die Augen. „Moment mal, lass mich das bitte kurz verdauen. Und gib mir ein wenig Zeit, bis ich etwas wacher bin."

Mit einem sarkastischen Lachen ließ Merlin den Kopf hängen. „Na toll, natürlich habe ich mit dir die ganz falsche Wahl getroffen."

„Beleidigungen bringen mich auch nicht dazu, schneller zu lernen", bemerkte ich spitz, während die letzten Tropfen Kaffee aus der Maschine mit einem *Plitsch* und *Platsch* in meiner Tasse landeten. „Wann bekomme ich eigentlich meine Magie?"

Statt einer Antwort rollte Merlin nur hysterisch kichernd auf dem Linoleumboden meiner Küche hin und her. „Magie! Für dich? Haha, der war gut! Danke, die Aufheiterung konnte ich gut gebrauchen", antwortete er schließlich.

„Das war kein Scherz. Du hast mich in diese Position gezwungen, also könntest du mich ruhig für meine Mühen entschädigen."

„Ach, mein liebes, naives Menschlein …"

„Gracie", erinnerte ich ihn. „Ich habe einen Namen, benutz ihn gefälligst."

„Gracie", fauchte er mit gerümpfter Nase. „Irgendeine Chance, dass wir den ändern könnten?"

Ich warf ihm einen vernichtenden Blick zu, als er sich seufzend wieder erhob.

„Na schön, dann bleibt es eben bei Gracie. Und nein, du selbst bekommst keine Magie. Das gehört nicht zu der Rolle einer Vertrauten."

Kaum zu glauben, aber er war tatsächlich noch nervtötender als Beamtin Dash heute Morgen. „Wozu brauchst du mich dann überhaupt?"

„Zusätzlich zu deinen Aufgaben als Futtergeberin und Putzfrau des Katzenklos, bist du nun mein Gesicht."

Ich starrte ihn ausdruckslos an.

„Was hast du denn jetzt schon wieder für ein Problem?", fragte Merlin und legte den Kopf schief.

Seufzend verschränkte ich die Arme vor der Brust. „Was meinst du mit *dein Gesicht*? Das ergibt doch überhaupt keinen Sinn. Du hast doch schon eines."

„Lass es mich dir durch ein Beispiel erklären. Einst lebte ein kreuzhässlicher Kerl mit einer riesigen Nase. Er verliebte sich in eine wunderschöne Dame, fürchtete aber, dass sie ihn wegen seines Aussehens zurückweisen würde, also traf er ein Abkommen mit einem hirnlosen, aber gut aussehenden Jüngling, um …"

„Erzählst du mir da gerade die Handlung von Cyrano de Bergerac?"

„Oh, gut, du kennst die Geschichte also."

„Und in diesem Szenario wäre ich also dein …" Ich ahmte mit den Fingern Anführungszeichen nach. „… hirnloser, aber gut aussehender Jüngling?"

„Ganz genau. Streng genommen bist du natürlich nicht ganz so hirnlos und auch nicht ganz so gut aussehend, aber es kommt in etwa hin."

„Sorry, das ist mir gerade einfach zu viel", erwiderte ich, schnappte mir meinen Kaffee und marschierte in Richtung meines Schlafzimmers davon.

Eigentlich wollte ich ihm die Tür vor der Nase zuknallen, aber Merlin war zu flink für mich. Um ein Haar hätte ich meinen kostbaren Kaffee verschüttet. „Entschuldige. Ich vergesse immer, wie sensibel ihr Menschen in solchen Dingen seid. Letztendlich habe ich dich erwählt, weil ich überzeugt bin, dass du das Zeug zu einer guten Vertrauten hast."

„Du meinst, das hirnlose Gesicht für deine Geschäfte zu sein?", schmollte ich.

Merlin schien meinen Groll jedoch nicht zu bemerken oder einfach zu ignorieren. „Ganz genau. Wie schön, dass bei dir endlich der Groschen gefallen ist."

„Tut mir leid, aber ich habe Besseres mit meinem Leben zu tun."

Seine Augen funkelten verschmitzt. „Ach, ja? Was denn zum Beispiel? Wenn du es mir verrätst, könnte ich deine Wünsche wahr werden lassen."

Verwundert sah ich ihn an, traute mich aber nicht zu fragen, was er damit meinte.

„Im Gegensatz zu dir besitze ich durchaus Magie. Oder hast du das schon wieder vergessen? Der Job einer Vertrauten ist hart, aber nicht undankbar. Viele berühmte Personen in der Geschichte der Menschheit haben heimlich als Vertraute gearbeitet."

„Ach, wirklich? Wer denn?", fragte ich und verschränkte die Arme vor der Brust.

„Na, mein Namensvetter beispielsweise", grinste er, und seine Schnurrhaare bebten vor Vergnügen.

Mir blieb fast die Spucke weg. „Merlin, der Zauberer?"

„Ha, von wegen! Der Merlin, den ihr Menschen kennt, war in Wahrheit der Vertraute eines mächtigen Katzenmagiers. Allerdings hieß der ebenfalls Merlin, was die Sache ein wenig verwirrend macht. Für seine Rolle als Vertrauter forderte der menschliche Merlin im Gegenzug Macht und Ruhm. Aber als er immer habgieriger und aufgeblasener wurde, belegte der wahre Merlin ihn mit einem Fluch, rückwärts zu altern. Dann suchte er sich einen geeigneteren Vertrauten, einen Mann namens Arthur. Dieser wünschte sich lediglich Ansehen und Respekt unter seinen Mitmenschen, keine magischen Kräfte. Damit kam mein Vorfahre besser zurecht."

„Also war Merlin ein Schwindler und König Arthur nur ein einfacher Vertrauter?", fasste ich etwas enttäuscht zusammen.

„An dieser Position ist nichts *einfach*. Vertraute sind ungemein wichtig für uns. Deshalb tun wir Magier alles in unserer Macht Stehende, um euch bei Laune zu halten."

Fragend hob ich eine Augenbraue.

„Theoretisch könnte ich also die nächste Lady Gaga werden?"

„Dazu bräuchte es schon etwas Talent. Aber auch, wenn du nicht dazu geboren wurdest, könnte ich dich zu einem Superstar machen", erwiderte Merlin, hielt dann inne und hob eine Pfote. „Ist es das, was du willst?“

„Nein, das war nur so ein Gedanke“, erklärte ich hastig.

„Dann sei etwas vorsichtiger. Wünsche dieses Kalibers werden nur ein Mal erfüllt. Es gibt durchaus kleinere Dinge, die ich öfter zu tun gewillt bin, aber wirklich lebensverändernde Angelegenheiten sind eine einmalige Sache.“

„Ich werde es mir merken“, versprach ich, obwohl ich das alles immer noch nicht ganz glauben konnte.

„Gut, das solltest du auch.“ Merlin schien zufrieden. „Und jetzt komm, lass uns anfangen.“

7

„Wohin gehen wir?“, fragte ich, während ich meinem Kater durch das Haus folgte.

Statt einer Antwort rannte er jedoch schnurstracks durch die Katzenklappe nach draußen.

Hastig schlüpfte ich in ein Paar billige Flip-Flops, die neben der Tür standen, und eilte ihm hinterher. Gerade noch rechtzeitig sah ich, wie er in die Vogeltränke sprang und sich wohlig darin herumwälzte. Ich wusste zwar, dass Maine Coons Wasser mochten, aber trotzdem bot er einen seltsamen Anblick. Bis jetzt waren Katzen für mich einfach Katzen gewesen – Tiere, die Nässe hassten und definitiv nicht sprechen konnten.

„Ich habe dich neulich gesehen“, sagte ich und näherte mich ihm vorsichtig. „Gestern, meine ich.“

Wow, es kam mir vor, als läge das mindestens eine Woche zurück.

Merlin hielt in seinem Geplantsche inne und warf mir einen Blick über die Schulter zu. „Ich weiß. Und was genau hast du gesehen?“

„Du bist g-g-geflogen“, stammelte ich und legte schützend die Arme um mich selbst. „Einem Vogel hinterher, den du essen wolltest.“

Merlin seufzte. „Zunächst mal wollte ich ihn überhaupt nicht essen. Der Kerl hat mir Geld geschuldet.“

Ich blinzelte ungläubig. „Geld?“

„Ja, Geld“, erwiderte er lächelnd. „Zweitens wollte ich, dass du mich dabei beobachtest. Es war ein Test.“

„Ein Test?“ Trotz des warmen Wetters in Georgia lief mir ein Schauer den Rücken hinunter.

Merlin verdrehte die Augen. „Hör auf, alles zu widerholen, was ich sage!“ Dann starrte er mich wortlos an und schien auf etwas zu warten.

Ich schluckte und nickte, immer noch mit dem Gedanken kämpfend, dass mein Kater allem Anschein nach Geld besaß und ein Vogel aus der Nachbarschaft ihm welches schuldete.

„Ich wollte sehen, wie du auf deine erste Begegnung mit der Magie reagieren würdest. Manche Menschen kommen überhaupt nicht damit klar."

„Aber ich schon?"

Mit einem Schmunzeln ließ Merlin seinen Blick an mir entlangwandern. „Du stehst immerhin noch auf beiden Beinen. Das ist zumindest kein schlechter Anfang."

„Was hätte denn passieren können?", fragte ich, erzürnt, dass er mich absichtlich einer möglichen Gefahr ausgesetzt hatte.

„Du hättest den Verstand verlieren können", erwiderte er sachlich. „Das kommt häufiger vor. Deshalb muss man bei der Wahl eines Vertrauten immer äußerst sorgsam vorgehen."

„Also richtet ihr die Menschen einfach psychisch zugrunde?" Ich hatte Mühe, ihn nicht anzubrüllen. Mir war bewusst, dass wir uns mitten in einem Wohngebiet befanden. Wenn zufällig jemand vorbeikäme und mich dabei beobachtete, wie ich mit meiner Katze sprach – oder sogar stritt –, stünden im Handumdrehen die Männer mit den weißen Kitteln vor meiner Tür, bereit, mich einzuweisen.

Mein Kater blieb völlig ruhig und gelassen, als plauderten wir gerade über belanglose Dinge und nicht etwa lebensverändernde Tatsachen. „Nicht jeder verkraftet die Existenz von Magie. Traurig, aber wahr." Dann richtete er sich auf und reckte die Brust heraus. „Jedenfalls bin ich froh, dass du noch bei mir bist."

„Bleibt mir denn eine andere Wahl?"

„Nein", kicherte er.

„Das hatte ich auch nicht erwartet."

„Komm näher", drängte mein Kater plötzlich, und ich folgte seiner Aufforderung umgehend.

„Was soll das? Was tun wir hier?", fragte ich unbehaglich. Wie gesagt, wir unterhielten uns am helllichten Tag mitten in meinem Garten. Warum hätten wir das denn nicht im Haus besprechen können?

„Wie man eine gute Vertraute wird, Lektion eins!", verkündete er wichtigtuerisch und ließ sich gefährlich nah am Rand des Vogelbeckens nieder. „Beschütze den Kessel um jeden Preis."

„Das ist eine Vogeltränke", gab ich zu bedenken.

Verzweifelt schlug er sich die Pfote vors Gesicht. „Es ist ein Kessel. Die Quelle meiner Macht, meine Verbindung zur magischen Welt. Ohne ihn bin ich kein vollwertiges Mitglied der Hexengemeinschaft."

Zweifelnd blickte ich zwischen ihm und dem Wasserbecken hin und her.

Merlin seufzte theatralisch. „Lektion zwei: Glaube alles, was ich sage, ohne es zu hinterfragen.

Wie zum Beispiel die Tatsache, dass das hier ein Kessel ist. Natürlich haben Hexen früher riesige schwarze Kübel verwendet, aber in der heutigen Zeit nutzen wir alltägliche Gegenstände, die uns einfach zugänglich sind, für Unwissende jedoch belanglos erscheinen. Sieh genau hin."

Er stellte sich in die Mitte des kleinen Trinkbrunnens und tauchte eine Pfote in das Wasser. Augenblicklich fing die Oberfläche an, grünlich zu leuchten. Die Farbe ähnelte der von Merlins großen, runden Augen.

„Wow", hauchte ich ehrfürchtig.

Als Merlin das Wasser erneut berührte, kehrte es zu seinem ursprünglichen Zustand zurück. „Deshalb suchen wir Katzen uns Menschen als Vertraute. Auf der Straße ist es zu unsicher. Wir brauchen den Deckmantel eines häuslichen Lebens, um unsere Geheimnisse zu schützen, ebenso wie die nächtliche Dunkelheit. Natürlich würden wir unseren Geschäften lieber tagsüber nachgehen, aber es ist nun mal einfacher, unsere Kräfte zu nutzen, wenn ihr schnarchend im Bett liegt."

Ich nickte zustimmend. Alles, was er sagte, ergab Sinn. Alles, bis auf …

„Wofür brauchst du dann Geld?", fragte ich, als

mir das arme Rotkehlchen wieder in den Sinn kam, das ihm anscheinend welches schuldete.

„Du denkst noch zu sehr in den Konventionen deiner eigenen Welt. In meiner … *MIAU*!“

„Was?“ Verwirrt drehte ich den Kopf in die Richtung, in die er starrte, und sah jemanden aus der Nachbarschaft an meinem Zaun vorbeiwalken.

Die Dame lächelte und winkte zum Gruß, und ich hätte schwören können, dass ich sie schon einmal gesehen hatte. Ich wusste nur nicht mehr, wo.

Sie verschwand ebenso schnell wieder, wie sie erschienen war.

Als ich mich wieder meinem Kater zuwandte, peitschte dieser gereizt mit seinem buschigen Schwanz durch die Luft. „Vor der musst du dich in Acht nehmen“, knurrte er.

„Warum das denn? Sie wirkte doch ziemlich freundlich.“

Mit höhnischer Miene blickte er in die Richtung, in die sie verschwunden war. „Erinnerst du dich noch an Lektion zwei?“

„Alles zu glauben, was du sagst?“

„Genau. Das eben war Virginia. Sie ist die Vertraute einer äußerst nervtötenden Katze vom anderen Ende der Stadt. Luna“, keifte er verächtlich.

„Wollte sie uns ausspionieren?“

Merlin sprang von dem Vogelbecken herunter. „Das wäre gut möglich. Glücklicherweise ist der Kessel vor anderen Magiern und deren Vertrauten geschützt. Komm, lass uns wieder reingehen. Da kann uns niemand beobachten, der uns eventuell Schaden zufügen möchte."

Schaden zufügen? Scheinbar hatte ich bisher erst einen von vielen Tests überlebt, die mich auf der Reise durch die magische Welt meines Katers begleiten würden. Bei diesem Gedanken musste ich mich wieder einmal unwillkürlich fragen: *WARUM GERADE ICH?*

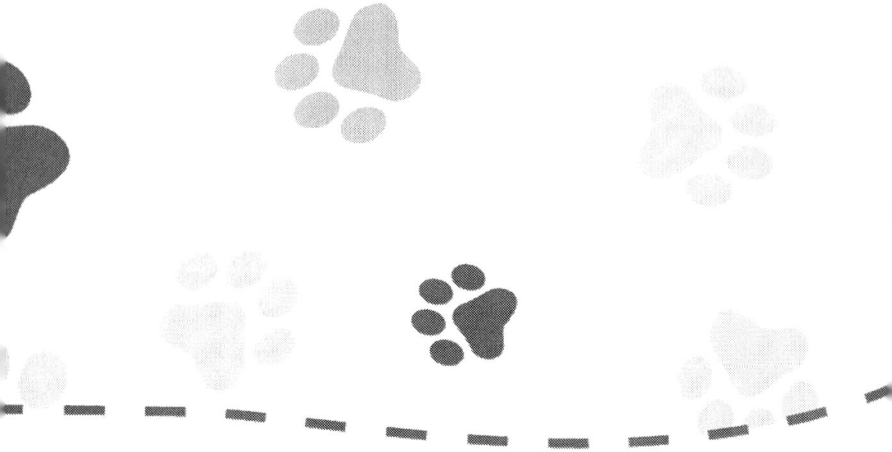

8

„Wir statten Luna einen Besuch ab", verkündete Merlin, kaum dass sich die Haustür hinter uns geschlossen hatte. Von dieser Idee war ich alles andere als begeistert.

„Was? Warum?", stöhnte ich genervt.

Leider schien Merlin sich nicht von seinem Vorhaben abbringen lassen zu wollen. „Wenn sie uns beschatten lässt, hat sie vermutlich selbst etwas zu verbergen."

„Du willst, dass wir aufgrund einer Vermutung bei ihr einbrechen? Falls es dir entfallen ist, ich bin bereits die Hauptverdächtige in einer Mordermittlung!", explodierte ich. Nachdem ich mich draußen so lange zusammenreißen musste, fühlte es sich gut an, mir endlich Luft machen zu können.

„Lektion zwei“, erinnerte er mich abermals. Egal was noch folgen würde, ich war mir sicher, dass mir diese Lektion am wenigsten von allen gefiel.

Schnaubend verschränkte ich die Arme vor der Brust. Er konnte mich ja nicht gegen meinen Willen zu etwas zwingen ... oder?

Merlin reagierte etwas sanftmütiger. „Hör zu, ich weiß, wie ungewohnt das alles für dich ist, aber du musst mir einfach vertrauen. Ich werde dich beschützen. Und im Moment bedeutet das, sicherzustellen, dass Luna nichts im Schilde führt, während ich dich einarbeite. Wir beide sind gerade leicht verwundbar, deshalb müssen wir ganz besonders auf der Hut sein.“

Er hielt kurz inne, holte tief Luft und fuhr dann in noch ernsterem Tonfall fort: „Du glaubst, menschliche Gefängnisse seien zum Fürchten? Die sind nichts im Vergleich zu magischen! Sollte es Luna gelingen, unser Geheimnis vor der Öffentlichkeit zu enthüllen, werden wir mit Sicherheit dort landen, ohne Aussicht auf Entlassung. Aus einem menschlichen Gefängnis kann ich dich im Handumdrehen befreien und dir eine neue Identität verschaffen.

Glaub mir, diese Harold-Sache ist im Moment deine geringste Sorge."

„Okay", erwiderte ich nur, zu müde und verängstigt, um noch länger mit ihm zu streiten. Ich wollte gar nicht zu genau wissen, was mich erwartete, wenn ich in meiner Rolle als Vertraute versagen sollte.

Seine großen, grünen Augen bedachten mich mit einem neugierigen Blick. „Okay?"

„Ich vertraue dir", erläuterte ich und hoffte, dass ich meine Entscheidung nicht bereuen würde.

„Wirklich? Ich hätte mehr Widerstand erwartet."

Als Antwort zuckte ich nur mit den Achseln. „Was würde das bringen, wenn du am Ende sowieso deinen Willen durchsetzt?"

„Wie schön, dass wir uns einig sind", erwiderte Merlin zufrieden. Dann blinzelte er zweimal langsam.

Ich musste wohl auch geblinzelt haben, denn in dem einen Moment standen wir noch vor meiner Küche, im nächsten befanden wir uns im Schatten eines Magnolienbaums, der in dem liebevoll gepflegten Garten eines kleinen Hauses im Ranchstil emporragte.

Schockiert trat ich einen Schritt zurück und lehnte mich gegen den Stamm des Baums.

„Was … was ist gerade passiert?", keuchte ich.

Kichernd scharwenzelte Merlin um mich herum. „Deine erste Teleportation. Wie süß!"

„Teleportation?", flüsterte ich hysterisch, um nicht die Aufmerksamkeit eventuell Anwesender auf uns zu ziehen. „Bitte warne mich das nächste Mal vorher."

„Nein", erwiderte er nachdrücklich. „Es ist viel leichter, wenn du vorher nicht weißt, was dich erwartet."

Stöhnend fasste ich mir an den Kopf. Eigentlich tat mir überhaupt nichts weh, ich wollte nur ein wenig dramatisch sein. „Wo sind wir überhaupt?"

„Bei Luna. Los, komm schon." Merlin drehte sich um und trottete auf die Rückseite des Hauses zu. Sein buschiger Schwanz wiegte majestätisch in der Luft.

„Warte, wie sollen wir denn da reinkommen?", rief ich ihm hinterher.

Aber Merlin rannte nur noch schneller und sprang mit Anlauf in einen Blumenkasten voller gelber Narzissen, der vor einem der Fenster hing.

Ich schlich mich über den weichen, saftigen Rasen zu ihm, aber in der nächsten Sekunde stand ich plötzlich auf einem glatten Parkettboden. Na toll, jetzt waren wir wohl im Haus.

„Lass das gefälligst", zischte ich.

„Hör auf zu jammern“, zischte er zurück. „Hilf mir lieber bei der Suche.“

„Wonach suchen wir denn?“, fragte ich und betrachtete die gemütliche Einrichtung.

Lunas Besitzerin – oder vielmehr Vertraute – schien ein Fan von Blumenmustern zu sein. Sie zierten jeden Gegenstand im Raum. Ich war mir ziemlich sicher, dasselbe Muster, das auf dem Sofastoff abgebildet war, schon einmal auf dem Kleid einer schwangeren Möchtegernprominenten gesehen zu haben. Zusätzlich zu den geblümten Vorhängen und Polstermöbeln schmückten dutzende von Vasen gefüllt mit Wildblumen das Häuschen.

Unwillkürlich musste ich niesen.

„Luna ist eine Gartenhexe“, erklärte Merlin, als er meinen Blick bemerkte.

„Und welche Art von Magier bist du?“, fragte ich staunend. Erst fand ich heraus, dass Hexen und Zauberer real waren, und nun wurde mir mitgeteilt, dass es verschiedene Arten gab.

„Himmel“, informierte er mich geduldig.

Meine Gedanken rasten angesichts der Welle von Informationen, die mich überrollte. „Wie bitte?“, quietschte ich. Das konnte ich nicht einfach so ohne weitere Erklärung stehen lassen.

„Ich bin ein ziemliches Allround-Talent, aber

meine Spezialität liegt bei allem, was vom Himmel kommt. Wind, Wasser, Eis und sowas eben. Manchmal auch Elektrizität, wenn ich in der richtigen Stimmung bin."

Langsam fügte sich das Puzzle zusammen. „Oh, also seid ihr alle einem Element verbunden? Wie Pokémon!"

Er warf mir einen mürrischen Blick zu. „Nein, nicht wie irgend so eine kindische Zeichentrickserie."

„Doch, genau so ist es! Luna ist eine Gartenhexe, also kontrolliert sie Pflanzen und Erde, richtig? Somit würde sie zum Typ Gras und Boden gehören", schlussfolgerte ich. Endlich zahlten sich die unzähligen Stunden, in denen ich Pokémon Go gespielt hatte, aus! „Und du gehörst zum Typ Wasser, Fliegen und Eis, also seid ihr ziemlich ebenbürtig. Am besten verwendest du im Kampf eine Eisattacke."

„Das hier ist kein Spiel und es gibt auch keine Kämpfe. Schluss mit dem albernen Geschwafel! Hilf mir lieber, nach verdächtigen Dingen Ausschau zu halten."

„Wie das da?", fragte ich und deutete auf ein altes Lederbuch, das geöffnet auf dem Kaffeetisch lag.

„Nein", wehrte Merlin erst ab, drehte sich dann aber in die Richtung, in die ich zeigte, und schnurrte erfreut. „Oder warte, doch. Gut gemacht! Schnapp dir das Buch und lass uns abhauen, bevor jemand unser Eindringen bemerkt.“

Das musste er mir nicht zweimal sagen. So schnell ich konnte, watschelte ich in meinen Flip-Flops zum Kaffeetisch und krallte mir das Buch. Jetzt aber nichts wie zurück nach Hause!

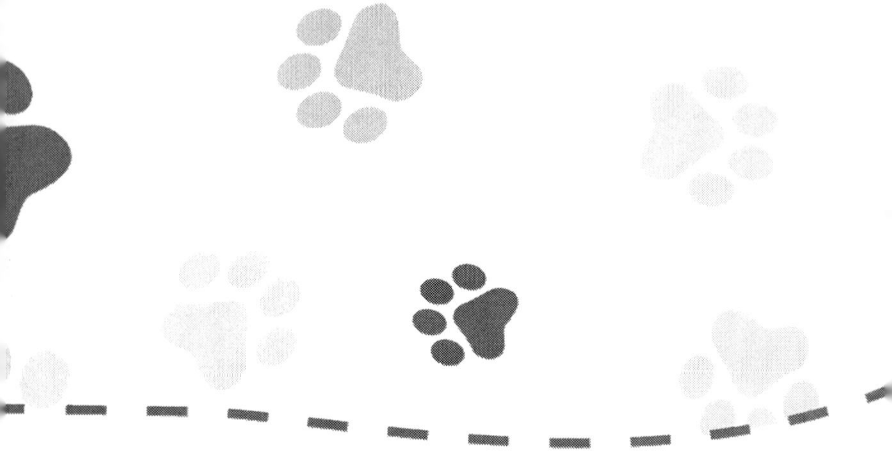

9

Merlin blinzelte einmal und ich machte mich auf eine weitere Runde schwindelerregender Teleportation gefasst. Bevor er jedoch ein zweites Mal blinzeln konnte, zerbarst eine der Vasen in unserer Nähe und die dornigen Blumenstiele schossen auf meinen Kater zu und formten sich zu einem Käfig um ihn.

„Na, wen haben wir denn da?“, ertönte eine tiefe, weibliche Stimme vom Türrahmen her. Ich hatte niemanden hereinkommen hören. Wie konnten wir nur so unvorsichtig sein?

Ich reckte den Hals, zu verängstigt, um eine ausladende Bewegung zu machen, und entdeckte eine weiße Katze mit langem Körper und hellgrünen Augen, die mich anstarrte.

„Luna“, knurrte Merlin. „Was willst du von uns?“

Sie stolzierte zu ihm hinüber und umkreiste ihren gefangenen Rivalen. „Ich stelle hier die Fragen. Immerhin seid ihr bei mir eingebrochen.“

„Ich bin dir gar nichts schuldig“, fauchte Merlin.

Während die beiden Katzen einander ankeiften, steckte ich das Lederbüchlein, das wir gefunden hatten, unauffällig in meinen Hosenbund.

„Was hatte deine Vertraute vor meinem Haus zu suchen?“, wollte Merlin wissen. Eingepfercht zwischen stacheligen Stielen und Blüten erweckte er einen äußerst mitleiderregenden Eindruck.

„Was hat deine Vertraute *in* meinem Haus zu suchen? Wir können uns gerne den ganzen Tag so weiterstreiten, Flauschi“, kicherte sie hinterhältig, sodass auch niemand daran zweifeln konnte, wer hier die böse Hexe war.

„Sein Name ist Merlin“, korrigierte ich sie verärgert und griff nach ihr. Auch wenn ich keine Magie hatte, war ich immerhin um einiges größer und stärker als dieses zierliche Kätzchen. Gewiss würde ich sie leicht überwältigen können.

Leider falsch gedacht. Geschickt entschlüpfte sie meinen Armen und fauchte mich an. „Ich werde das nur einmal sagen, also passt gut auf.“ Luna machte einen Buckel und stellte den buschigen Schwanz auf.

„Wagt es ja nicht noch einmal, in mein Haus einzubrechen. Beim zweiten Mal werde ich nicht so nachsichtig sein."

Ich schluckte schwer und vermied es, sie darauf hinzuweisen, dass wir technisch gesehen nicht einge*brochen* waren, weil Merlin uns hineinteleportiert hatte.

Luna näherte sich mir mit ausgefahrenen Krallen. „Bist du schwer von Begriff? Macht, dass ihr hier rauskommt!"

Das musste ich mir nicht zweimal sagen lassen. Eilig schnappte ich mir Merlin mitsamt seinem stacheligen Käfig und rannte zur Haustür hinaus. Draußen wagte ich es nicht, innezuhalten, sondern düste direkt auf die Straße zu. Lunas weitläufiger Vordergarten lag direkt an einer Kreuzung. Im Näherkommen versuchte ich, eines der Straßenschilder auszumachen, war aber noch zu weit entfernt, um etwas zu erkennen.

Persimonenweg, las ich, als ich endlich den Bordstein erreichte. Sobald ich über die Schwelle zu Lunas Grundstück trat, fiel der magische Käfig um Merlin auseinander.

Er sprang von meinen Armen, schüttelte sich, blinzelte einmal, zweimal ... und schon waren wir wieder zurück zu Hause.

„Alles umsonst“, maunzte er verdrossen und tapste zu seiner Wasserschüssel hinüber, um ein paar tiefe Schlucke zu trinken.

„Nicht ganz umsonst“, entgegnete ich und zog das geklaute Buch aus meinem Hosenbund.

„Gracie!“, rief mein Kater erfreut aus. „Braves Mädchen! Sehr gut gemacht.“

Trotz seines herablassenden Tonfalls sonnte ich mich in seinem Lob. „Jetzt ist mir klar, warum du dir nicht sonderlich viel aus Luna machst“, sagte ich leise. „Oder aus dem Namen Flauschi. Tut mir echt leid.“

„Sie hätte mich getötet, wenn du nicht zur Stelle gewesen wärst“, erwiderte er achselzuckend. „Seit ich mit ihr Schluss gemacht habe, um meine Position als vollwertiger Magier anzutreten, ist sie so kratzbürstig drauf.“

Ungläubig hob ich die Hände und trat einen Schritt zurück. „Wow, okay, Moment mal. Immer schön von vorne.“

Merlin wandte sich ab, behielt mich aber aus den Augenwinkeln im Blick. „Eine Katze wird erst dann zur vollwertigen Hexe, wenn sie sich eine Vertraute wählt.“

„Das habe ich nicht gemeint, sondern vielmehr den Schlussmachen-Teil“, stellte ich klar. Warum hatte er mir dieses essenzielle Detail nicht verraten, bevor wir bei Luna einbrachen – und ich mir ihr Buch gekrallt hatte?

Merlin gähnte und streckte sich träge. „Oh, ja. Wir waren mal zusammen. Keine große Sache."

„Im Gegenteil, das scheint mir eine verflixt große Sache zu sein", widersprach ich ihm und hoffte auf weitere Einzelheiten.

„Was kann ich denn dafür, wenn die Regeln besagen, dass zwei Magier nicht unter demselben Dach wohnen dürfen? Solange ich nur ein Streuner war, spielte das keine Rolle, aber dann haben sich die Dinge geändert. Ich hätte meine magischen Fähigkeiten nie für eine flüchtige Affäre aufgegeben. Auf gar keinen Fall. Außerdem sollten wir uns nicht mit der Vergangenheit aufhalten. Wir müssen uns auf die Zukunft konzentrieren. Jetzt zeig mir endlich dieses Buch", befahl er mir und schien jeden Gedanken an seine frühere Beziehung beiseitegeschoben zu haben.

Ich stapfte hinüber zur Couch und ließ mich darauf nieder, öffnete das Buch auf meinem Schoß, sodass wir es gemeinsam durchblättern konnten. „Was soll das bedeuten?", fragte ich und betrachtete stirnrunzelnd die seltsamen Symbole, die sich mit Zeichnungen verschiedener Pflanzen und Tiere abwechselten.

„Es scheint ihr Zauberbuch zu sein. Nicht ihr Hauptwerk, sondern ein neues, an dem sie gerade arbeitet."

„Ein Buch für Zaubersprüche? Hast du auch so eins?"

Er nickte, während er weiterhin die Seiten studierte. „Ich habe mehrere, würde sie aber niemals so leicht zugänglich herumliegen lassen."

„Wo bewahrst du sie denn auf?", wunderte ich mich.

„Das sind vertrauliche Informationen, die ich nur bei dringendem Bedarf preisgebe. Und im Moment brauchst du das nicht zu wissen."

„Autsch. Na schön."

Vor sich hinmurmelnd blätterte Merlin weiter durch das Buch, völlig ungerührt von der Tatsache, dass er meine Gefühle verletzt hatte.

„Was genau enthält dieses Buch?", fragte ich, nachdem ich eine Weile stumm und verständnislos zugesehen hatte.

„Sie entwickelt einen neuartigen Zaubertrank. Einen ziemlich mächtigen. Aber sie scheint die Formel noch nicht perfektioniert zu haben."

Ich starrte eindringlich auf die Symbole und Zeichnungen, konnte aber immer noch keinen Sinn dahinter erkennen. „Für was soll der gut sein?"

„Kann ich noch nicht sagen. Das hier ist Gartenhexenkram. Die sind versessen auf Tränke. Ich für meinen Teil weniger.“

„Glaubst du, es könnte sich um Gift handeln?“, fragte ich und musste an den armen Harold denken. Gut, er mochte geizig und fies gewesen sein, aber deshalb hatte er es noch lange nicht verdient, ermordet zu werden.

Merlin schien meine Gedanken erraten zu haben. „Vermutest du etwa, dass Luna hinter Harolds Tod stecken könnte?“

Ich nickte. „Ja, warum nicht? Bisher gibt es keine anderen Verdächtigen, die einleuchtend wären.“

Merlin schlug das Buch wieder zu. „Eine äußerst interessante Theorie. Vielleicht hatte sie vor, dich zu vergiften, und hat stattdessen diesen Harold erwischt.“

Bei dem Gedanken an die furchtbare Gefahr, in der ich mich die ganze Zeit über befunden hatte, stockte mir der Atem. „Das würde sie wirklich tun? Mich töten?“

„Klar“, gähnte Merlin, als würde dieses schwerwiegende Thema ihn zu Tode langweilen. „Luna ist sehr gefährlich und hat es auf mich abgesehen, deshalb bist du nun ebenfalls auf der Abschussliste.“

„Vielleicht hättest du ihr nicht so schändlich das

Herz brechen sollen“, murmelte ich vor mich hin. Diese Tatsache setzte ich auf die ohnehin lange Liste von Gründen, warum ich heute sauer auf meinen Kater war.

Hätte ich doch nur einen Hund adoptiert …

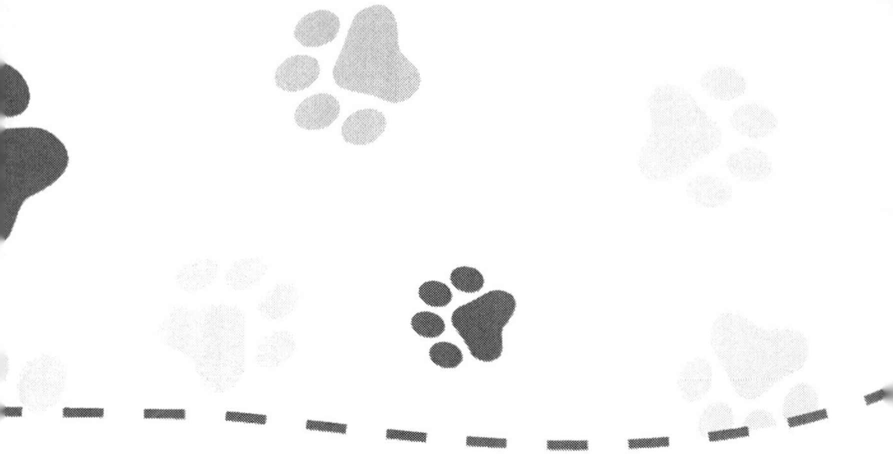

10

„Ich muss zur Arbeit“, sagte ich, bevor ich in Richtung Dusche schlurfte. Wir hatten die letzte Stunde damit verbracht, das Zauberbuch zu studieren, konnten aber nichts Sinnvolles herausbekommen. Lediglich meine armen Nerven lagen blank.

„Wenn Luna so gefährlich ist, solltest du das Buch vielleicht besser wieder zurückbringen“, rief ich Merlin noch zu, bevor ich die Tür schloss und ein paar Momente wohltuender Einsamkeit genoss.

Scheinbar hatte er meinen Vorschlag befolgt, denn als ich wieder aus dem Badezimmer kam, waren weder er noch das Buch irgendwo zu sehen.

Eigentlich wusste ich gar nicht, ob ich überhaupt arbeiten musste, angesichts der Vorfälle, aber ich wollte wenigstens versuchen, in Gedenken an Harold meine Pflichten zu erfüllen.

Als ich beim Café eintraf, sah ich, dass das Gebäude immer noch von Polizeiabsperrband umgeben war. Allerdings erspähte ich meine Kollegin Kelley hinter der Theke.

Also fasste ich mir ein Herz und betrat den Laden.

Kelley, die gerade hinter der gläsernen Kuchenvitrine stand, blickte auf. „Oh, hallo, Gracie", begrüßte sie mich stirnrunzelnd.

„Wie fühlst du dich?", fragte ich mitfühlend und ging zu ihr hinüber.

Sie zuckte mit den Achseln. „Ich weiß auch nicht."

Ich senkte den Blick und bemerkte, dass sie gar nichts in den Händen hielt. Tatsächlich schien sie einfach nur bekümmert und gedankenverloren herumzustehen.

Gestern, als wir auf die Polizei warteten, war sie ebenfalls ziemlich aufgewühlt gewesen. Ich hatte vermutet, dass das am Schock liegen musste, aber heute wirkte sie noch niedergeschlagener.

Plötzlich fühlte ich mich schuldig, weil ich mir nicht die Zeit genommen hatte, um Harold zu trauern. Stattdessen war ich viel zu beschäftigt damit gewesen, mich selbst dafür zu bemitleiden, dass ich als Tatverdächtige galt.

Auch wenn Harold ein echt mieser Chef gewesen war, wollte ich trotzdem ein guter Mensch sein. Vielleicht könnte ich mein schlechtes Verhalten wiedergutmachen, indem ich mich nun um Kelley kümmerte.

„Ja, die Sache ist echt übel", sagte ich und hielt den Blick gesenkt. „Er mag nicht der beste Chef gewesen sein, aber er war immerhin eine Person, die wir kannten."

Kelley schlug sich die Hände vors Gesicht und schluchzte auf. „Ich kannte ihn kaum. Noch nicht. Ich dachte, wir hätten mehr Zeit."

Da Kelley und ich ebenfalls erst seit Kurzem zusammenarbeiteten, war mir nicht bewusst gewesen, dass sie sich engeren Kontakt zu ihrem Team wünschte. Hatte sie sich nach Freundschaft gesehnt, und wir waren alle zu beschäftigt gewesen, um es zu bemerken? Wenn ja, fühlte ich mich dadurch nur noch schlechter.

Kelley hatte vor etwa einem Monat bei uns angefangen. Sie war ein nettes Mädchen, das nach ihrem Highschool-Abschluss in die Gegend gezogen war, um ihr Brückenjahr hier zu verbringen. Ich hatte mich zwar gewundert, warum sie das ländliche

Georgia einer Reise durch Europa vorzog, aber jedem das seine. Vielleicht hatte sie ja genau wie ich ein Haus geerbt. Ich hätte sie zumindest fragen können. Ich hätte definitiv fragen sollen.

Zögerlich legte ich ihr eine Hand auf die Schulter. „Glaub mir, du hast nicht viel verpasst“, sagte ich mit einem kleinen Lächeln.

Sie wandte sich mir mit geröteten Augen zu. „Doch, das habe ich. Mein ganzes Leben lang habe ich mir vorgestellt, wie es wohl wäre, ihn endlich kennenzulernen, aber jetzt werde ich nie die Möglichkeit haben, eine richtige Beziehung zu ihm aufzubauen.“

Plötzlich traf mich die Erkenntnis wie ein Blitz. „Kelley, war Harold etwa …?“

„Mein Vater“, bestätigte sie, kramte in ihrer Hosentasche und zog ein zerknittertes Taschentuch hervor. „Er und meine Mom sind vor langer Zeit miteinander ausgegangen. Als sie herausfand, dass sie mit mir schwanger war, hatten sie sich bereits getrennt und er war fortgezogen.“

Ich umarmte sie fest. „Das tut mir so leid.“

Sie versuchte vergeblich, mir ein Lächeln zu schenken. „Es war mir wohl einfach nicht bestimmt, einen Vater zu haben. Jetzt gibt es auch keinen Grund mehr für mich, noch länger hierzubleiben. Ich hätte nie herkommen sollen. Diese Polizistin hat gesagt, dass mein Vater ermordet wurde. Was, wenn es meine Schuld war?“

„Oh, nicht doch, Liebes. Es war garantiert nicht deine Schuld“, versicherte ich ihr, aber Kelley war nicht so leicht zu überzeugen.

„Denk doch mal darüber nach“, sagte sie stirnrunzelnd. „Ich tauche hier auf, und einen Monat später ist er tot. Das kann kein Zufall sein.“

„Natürlich ist es das. Ein schlimmer Zufall, aber es hat ganz gewiss nichts mit dir zu tun. Du bist nicht verantwortlich für die Entscheidungen deiner Eltern, und erst recht nicht für Harolds Tod.“

Sie blinzelte mich an. „Meinst du das ernst?“

Ich nickte energisch. „Aber sicher doch.“

Endlich breitete sich ein zaghaftes Lächeln auf ihrem Gesicht aus. „Danke.“

„Wenn du gerade ein wenig Zeit hast, könnte ich dir ein paar Geschichten über ihn erzählen.“

Jetzt strahlte sie über das ganze Gesicht. „Wirklich?“

„Klar. Es ist ja nicht so, als hätten wir Kundschaft. Holen wir uns einen Snack und unterhalten uns doch ein bisschen.“

„Ich mache uns einen Pumpkin Spice Latte“, bot Kelley an.

„Und ich besorge etwas zum Knabbern“, rief ich, ging hinüber in den Tiefkühlraum und schnappte mir ein paar Stücke „frisch gebackenes“ Bananenbrot. Als ich zurückkehrte, bedeutete Kelley mir, mich an einen der Tische zu setzen, während sie die Getränke zubereitete.

„Weißt du“, sagte sie, als wir schließlich in der einzigen Nische des Cafés saßen, „meine Mutter war der Ansicht, ich sei völlig verrückt, hierher zu kommen, ihn kennenlernen zu wollen. Vielleicht hätte ich auf sie hören sollen. Dann könnte ich mir wenigstens weiterhin vorstellen, wie er so ist, was er so tut, anstatt zu wissen, dass er tot ist.“

Somit begann eine äußerst unangenehme Unterhaltung.

Zumindest für mich.

11

Angespannt hörte ich zu und nickte gelegentlich, während Kelley mir Ausschnitte ihrer Familiengeschichte anvertraute. Eigentlich sollte diese Unterhaltung dazu dienen, ihr ihren verstorbenen Vater näherzubringen, aber was, wenn Kelley bereits mehr wusste, als sie realisierte? Was, wenn sie einen Einblick in sein Leben hatte, der dabei helfen könnte, den wahren Mörder zu überführen?

Sie hatte während des letzten Monats viel mehr auf sein Tun und Lassen geachtet als ich während meiner gesamten Zeit hier.

Aber meine junge Kollegin war bereits so aufgelöst über seinen Tod, dass es echt mies wäre, Informationen aus ihr herauszuquetschen. Womöglich würde das ihren Zustand nur noch verschlimmern.

Wenn jedoch niemand schnellstens herausfand, wer Harold tatsächlich umgebracht hatte, dann müsste ich am Ende wirklich noch meinen Kopf hinhalten. So gesehen blieb mir keine andere Wahl.

Ich räusperte mich und senkte den Blick auf den Tisch. „Hat die Beziehung zwischen deinen Eltern nicht gut geendet?“, fragte ich. Es schien mir der sinnvollste Weg zu sein, sie sanft in diese Richtung zu stupsen und auf das Beste zu hoffen.

Kelley seufzte und griff nach einem Stück Bananenbrot, bemerkte dann aber, dass es noch eiskalt war, und legte es zurück auf den Teller. Sie schloss die Hände um ihren Pappbecher. „Mom sagte, wenn sie ihn jemals wiedersehen müsse, wäre das noch zu früh“, murmelte sie.

„So schlimm also?“

Sie lehnte sich zurück gegen die Sitzbank und ließ den Kopf gegen das abgenutzte Vinylpolster fallen. „Allerdings.“

„Habe ich dir je von meiner ersten Begegnung mit Harold erzählt?“

Kelley schüttelte den Kopf und starrte mich mit großen Augen an. „Nein, aber das würde ich zu gerne hören.“

„Also, ich kam für mein Vorstellungsgespräch vorbei. Natürlich war ich zu spät dran. Als ich sein Büro betrat, war er in seine Berichte vertieft und schmetterte inbrünstig dieses eine Lied aus Phantom der Oper."

Kelley setzte sich wieder aufrecht hin und kicherte leise. „Das glaube ich dir nicht!"

„Ich schwöre, so war's. Und das ist noch nicht alles ..."

Ich gab noch ein paar weitere lustige Erinnerungen an meinen ehemaligen Chef zum Besten, und Kelley hörte gebannt zu. Als wir unsere Lattes ausgetrunken hatten, war auch mein Vorrat positiver Geschichten erschöpft. Mittlerweile war das Bananenbrot endlich vollständig aufgetaut.

Ich nickte Kelley zu und steckte mir genüsslich ein großes Stück in den Mund. Auch wenn es nicht frisch gebacken war, schmeckte es trotzdem superlecker.

„Was wirst du jetzt tun?", fragte ich sie, während sie die Walnüsse aus ihrem Brot pulte und einzeln aß.

„Meine Mutter ist auf dem Weg hierher, um mich zurück nach Hause zu fahren", sagte sie und verzog das Gesicht.

„Woher kommt sie denn?", fragte ich im Plauderton, obwohl mir nicht entging, dass sie über den anstehenden Besuch nicht sonderlich erfreut zu sein schien.

„Aus Ohio."

„Das gibt's doch nicht!", rief ich und langte über den Tisch, um ihrer Hand einen freundschaftlichen Klaps zu geben. „Ich komme aus Michigan."

„Natürliche Feinde also", neckte Kelley mich, womit sie auf die erbitterte Rivalität zwischen unseren beiden Heimatstaaten anspielte. Aber da wir beide aus dem mittleren Westen stammten, hatten wir eigentlich viel mehr Gemeinsamkeiten als Unterschiede.

Ich wollte mehr über ihre Mutter erfahren, für den Fall, dass sie bedeutsam für die Ermittlung sein könnte. Natürlich musste ich dabei jedoch behutsam vorgehen. Vielleicht wäre der leichtherzige Moment eben von Vorteil, denn ich wollte Kelley auf keinen Fall noch größeren Kummer bereiten. Aber noch weniger wollte ich für ein Verbrechen in den Knast wandern, das ich nicht begangen hatte.

„Deine Mutter muss sich wahnsinnig freuen, dass du wieder nach Hause kommst, was?", fragte ich, leckte mir über den Daumen und las mit der befeuchteten Spitze die Krümel auf meinem Teller auf.

„Ja", erwiderte Kelley und biss endlich so richtig in ihr Gebäck. „Wie ich schon sagte, sie wollte nicht, dass ich überhaupt hierherkam. Laut ihr bin ich das einzig Gute, was mein Vater je zustande gebracht hat.“ Schüchtern lächelte sie mich an.

„Warum haben sie sich getrennt? Hat sie das je erwähnt?“

„Nein, sie wollte nicht, dass ich schlecht über ihn dachte. Irgendwie ironisch, was? Sie hat nur gesagt, ich solle sie beim Wort nehmen und vorsichtig sein.“

Unwillkürlich musste ich an die zweite Lektion denken, die Merlin mich gelehrt hatte. Ihm jederzeit Folge zu leisten, ohne Fragen zu stellen.

„Auch wenn es ein schlimmes Ende genommen hat, ist es trotzdem gut, dass du die Chance hattest, ihn kennenzulernen“, sagte ich mit dem Anflug eines Lächelns.

Kelley schniefte und schüttelte den Kopf. „Ich weiß nicht.“

„Das wirst du bald erkennen“, erwiderte ich, als spräche ich aus Erfahrung.

„Wahrscheinlich hast du recht.“ Sie zuckte mit den Achseln und ließ sich mit geschlossenen Augen in die Sitzbank sinken. „Im Moment ist nur alles noch so frisch und neu. Ich weiß nicht, wie ich meiner Mutter zuhören soll, während sie über ihn herzieht, wenn er noch nicht mal begraben ist.“

„Ja, das ist übel.“ Plötzlich kam mir eine Idee, die

uns beiden helfen könnte. „Hey, wenn sie dir die Hölle heißmacht, dann melde dich bei mir. Sag ihr einfach, wir hätten uns bereits verabredet, bevor dieser ganze Schlamassel passiert ist, dann kann ich als Puffer zwischen euch dienen."

Kelley öffnete die Augen und starrte mich einige Sekunden lang schockiert an. „Wow. Danke, Gracie. Das ist wirklich lieb von dir", sagte sie dann.

„Du verdienst im Moment eine gute Freundin, und ich bin mir ziemlich sicher, dass du eine gebrauchen könntest." Ich schob ihr mein Handy über den Tisch zu. „Hier, gib mir deine Telefonnummer, dann schicke ich dir meine Adresse."

Eifrig tippte Kelley ihre Nummer ein. Plötzlich klopfte es an der Tür des Cafés.

Als ich hinüberblickte, erkannte ich sofort die Silhouette der letzten Person auf Erden, die ich sehen wollte.

Beamtin Dash hatte beschlossen, uns einen Besuch abzustatten.

12

Sobald Kelley die Polizistin bemerkte, sprang sie auf, um sie hereinzulassen.

Dash grinste höhnisch, als ihr Blick auf mich fiel. „War ja klar, dass Sie sich an Orten rumtreiben würden, von denen Sie sich eigentlich fernhalten sollten."

„Wir sind heute beide zum Arbeiten eingeteilt", kam Kelley mir umgehend zu Hilfe. Jetzt, wo ich sie besser kennenlernte, konnte ich sie wirklich gut leiden.

„Tja, leider bleibt dieses Geschäft bis auf Weiteres geschlossen." Dash wirkte nicht im Geringsten betreten.

„Haben Sie eine Ahnung, wie lang das sein

wird?“, fragte ich und brachte unsere Teller zu der Spüle hinter der Theke.

Dash verfolgte jede meiner Bewegungen aufmerksam. „Zumindest, bis der Fall geklärt ist und Harris‘ Anwalt herausgefunden hat, was mit seinem Besitz geschehen soll.“

„Wissen Sie, wer sich um das Testament kümmert?“, fragte Kelley, strich sich die Haare hinter die Ohren und senkte nervös den Blick. Immerhin war ich nicht die Einzige, die sich durch die forsche Polizistin eingeschüchtert fühlte. Aber im Moment war ein Verhör das Letzte, was die arme Kelley gebrauchen konnte.

„Das ist eine Familienangelegenheit“, schnappte Beamtin Dash und bedachte Kelley mit einem flüchtigen Blick, bevor sie sich wieder mir zuwandte.

„Ich weiß“, murmelte Kelley und studierte ihre Schuhe. „Ich bin seine Tochter.“

„Falls Sie im Testament aufgeführt sind, wird der Anwalt sich bei Ihnen melden“, erklärte Dash unwirsch. „Wieso haben Sie Ihren Beziehungsstatus zu dem Verstorbenen nicht bei unserer ersten Befragung erwähnt?“

Kelley schüttelte den Kopf. „Ich musste mich erst mal mit dieser ganzen Sache abfinden.“

„Die beiden haben erst kürzlich von der Existenz des jeweils anderen erfahren“, warf ich dazwischen.

„Interessant.“ Dash zog ihr kleines Notizbuch hervor und kritzelte etwas hinein. „Würden Sie mich aufs Revier begleiten, um ein paar Fragen zu beantworten?“

Kelleys Augen weiteten sich vor Schock.

„Ist das denn wirklich nötig?“, fragte ich und stellte mich schützend vor meine Kollegin. „Sie sehen doch, wie aufgewühlt sie bereits ist!“

„O nein, habe ich etwa die Gefühle Ihrer kleinen Freundin verletzt?“, fragte sie mit einem unbarmherzigen Lächeln. „Ich einfältiges Ding, dabei versuche ich doch nur, einen Mörder zu fassen!“

Ungeduldig stampfte Dash mit dem Fuß auf. Kelley griff mit zitternden Fingern nach meinem Arm.

Ich drehte mich zu ihr um. „Du hast nichts Unrechtes getan, also hast du auch nichts zu verbergen. Das wird selbst die da einsehen müssen“, sagte ich und deutete mit dem Daumen auf die schlecht gelaunte Beamtin.

„Bleib bei mir!“, bat Kelley mich.

„Ich muss jeden Verdächtigen einzeln befragen“, widersprach Dash umgehend.

Kelley schnappte schockiert nach Luft. „Verdächtige?"

„Hör zu, sie mag vielleicht ein wenig fies sein – okay, ziemlich fies –, aber sie kann dir nichts anhaben", sagte ich beruhigend. „Und du hast ja jetzt meine Nummer, also ruf jederzeit an, wenn du etwas brauchst."

Sie nickte, und ich trat zur Seite.

„Na, schon mal auf dem Rücksitz eines Polizeiwagens mitgefahren?", fragte Dash mit einem intensiven Blick, der Kelley zurückschrecken ließ.

„Das reicht jetzt!", knurrte ich. Sobald diese Ermittlung beendet war, würde ich eine offizielle Beschwerde über die Beamtin einreichen, um ihre Vorgesetzten über ihre mangelnde Professionalität zu informieren. Anonym, versteht sich.

„Sie können sich hier unterhalten", fuhr ich fort. „Ich verziehe mich, damit Sie ungestört sind."

Dann drückte ich ermutigend Kelleys Hand und versicherte ihr, dass alles gut gehen würde, bevor ich das Café verließ. Keine von beiden versuchte, mich aufzuhalten.

Ich wartete noch ein paar Minuten auf dem Parkplatz, um sicherzugehen, dass Dash das arme, trauernde Mädchen nicht doch noch aufs Revier schleifte.

Nachdem ich mich überzeugt hatte, dass das

nicht der Fall war, machte ich mich auf den kurzen Heimweg.

In meinem gedankenverlorenen Zustand überfuhr ich beinahe eine rote Ampel und streifte mehr als einmal den Bordstein. Warum war Beamtin Dash so aggressiv, was die Ermittlung anging? Und warum war sie heute Nachmittag im Café aufgetaucht? Hatte sie nach mir gesucht?

Ich fürchtete, dass Dash nicht davor zurückschrecken würde, mir gefälschtes Beweismaterial unterzujubeln, wenn der wahre Täter nicht schnell gefunden wurde, nur um die Ermittlung erfolgreich abzuschließen.

Gruseliger Gedanke!

Vielleicht sollte ich meine Beschwerde doch lieber früher als später einreichen ...

Als ich in meine Einfahrt einbog, entschied ich, ihr noch eine letzte Chance zu geben. Wenn sie sich bei unserer nächsten Begegnung nicht professioneller verhielt, würde ich schnurstracks auf ihr Revier marschieren und verlangen, ihren Vorgesetzten zu sprechen.

Mit diesem Entschluss parkte ich meinen Wagen, holte tief Luft und ging ins Haus, um zu sehen, was mein Kater während meiner kurzen Abwesenheit jetzt wohl wieder angestellt hatte.

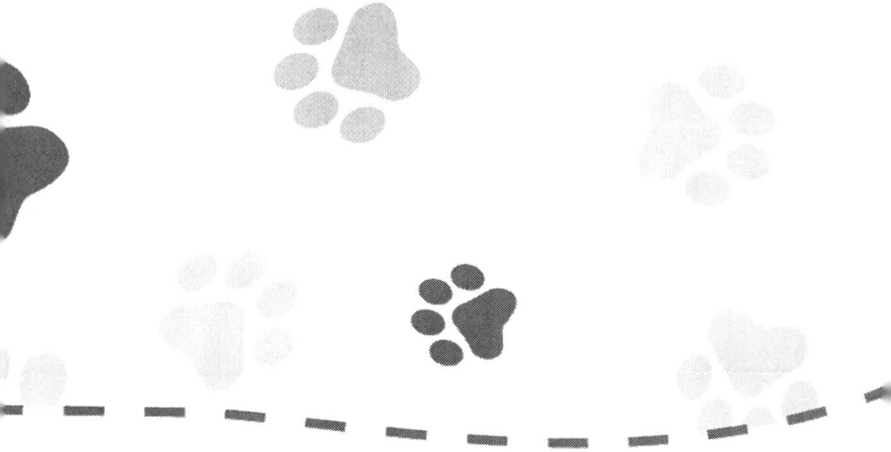

13

Zögerlich trat ich durch die Tür, unsicher, was mich dahinter erwartete. Merlin war dank meiner merkwürdigen Schicht im Café gute zwei Stunden allein gewesen. Schon komisch, vorher hatte ich mir nie Sorgen um ihn gemacht, wenn ich ihn allein ließ. Jetzt sorgte ich mich um alles und jeden … ihn, Harold, mein Leben generell.

Was auch immer er in der Zwischenzeit angestellt haben mochte, es schien keine größeren Schäden verursacht zu haben. Eigentlich war das Haus in genau dem Zustand, in dem ich es verlassen hatte. Selbst Lunas Zauberbuch lag noch geöffnet auf der Couch, in exakt der Position, in der wir es vor ein paar Stunden durchgeblättert hatten. Er muss es mitgenommen und dann wieder zurückgelegt haben. Aber warum?

„Merlin?“, rief ich, ging hinüber zur Couch und betrachtete den gestohlenen Gegenstand. Die aufgeschlagene Seite war überfüllt von unleserlichem Gekrakel, das ich beim besten Willen nicht entziffern konnte.

Na super. Ich hatte gehofft, er würde seiner Erzfeindin das Buch zurückbringen, nachdem wir damit fertig waren, oder es zumindest verstecken. Es war, als wolle er uns absichtlich Ärger einbrocken.

Schnell fotografierte ich die Seiten mit meinem Handy ab, steckte es ein und machte mich auf den Weg, es selbst zurückzubringen.

Dummerweise wusste ich nicht genau, wie man zu Lunas Haus kam, da Merlin uns dorthin teleportiert hatte, aber ich erinnerte mich an einen der Straßennamen an der Kreuzung: Persimonenweg. Ich tippte den Namen in mein Navi, das mir eine ungefähre Richtung anzeigte. Hoch lebe die moderne Technik!

Obwohl die Adresse am anderen Ende der Stadt lag, brauchte ich nur etwa zehn Minuten, um Lunas Cottage zu finden. Ich parkte davor, steckte das Zauberbuch in meine Tasche und näherte mich der Haustür.

Noch bevor ich klopfen konnte, wurde diese von einer Frau mittleren Alters geöffnet.

„Hallo, Virginia?“, fragte ich hoffnungsvoll.

„Gracie“, antwortete sie seufzend und trat zur Seite, um mich einzulassen.

Gut. Das lief doch ganz gut.

Jetzt musste ich nur noch einen Weg finden, das Buch zurückzulegen, ohne dass sie es mitbekam.

Also setzte ich mein freundlichstes Lächeln auf und sagte: „Ich wollte nur mal kurz vorbeischauen und mich vorstellen. Ich weiß, dass unsere Katzen einander nicht leiden können, aber das muss nicht bedeuten, dass wir ebenfalls miteinander auf Kriegsfuß stehen.“

Obwohl Virginia um einiges älter war als ich, besaß sie eine selbstsichere Eleganz, von der ich nur träumen konnte. Ihr blondes Haar war offensichtlich gefärbt, obwohl kein Ansatz zu sehen war, und ihre grünen Augen musterten mich mit einer stillen Intelligenz, die ich irgendwie beruhigend fand.

„Kann ich dir einen Eistee anbieten?“, fragte Virginia und schwebte förmlich in Richtung Küche.

„Gerne.“ Ich wusste, dass es unhöflich wäre, ihr Angebot abzulehnen, aber auch, wie unvernünftig es war, etwas zu trinken, das sie zubereitet hatte, ohne zu wissen, ob wir auf gutem Fuß standen. Aber ich mochte sie, trotz Merlins Warnung. Ich fühlte mich ihr auf sonderbare Weise verbunden, obwohl ich nicht genau sagen konnte, warum. Vielleicht hatten wir Vertrauten ja mehr gemeinsam als nur unseren Job. Darüber grübelte ich nach, während ich etwas unbeholfen in der Nähe der Eingangstür wartete.

Virginia holte Eiswürfel aus dem Kühlfach und verteilte sie in zwei Gläsern.

Konzentrier dich! Denk an den Grund deines Besuchs, ermahnte ich mich.

Hmmm. Könnte ich damit durchkommen, das Buch einfach auf der Anrichte im Flur abzulegen?

Nein, nein. Das wäre viel zu offensichtlich.

„Komm, setz dich doch“, sagte Virginia und führte mich hinüber zu der kitschigen, geblümten Couch, die mir bereits bei unserem ersten Besuch aufgefallen war. Wir ließen uns mit unseren Eistees in Händen nieder. Sie lächelte mich warm an, als wären wir alte Freundinnen, statt zwei Frauen, die sich eben erst kennengelernt hatten.

Ich stellte meine Tasche neben meinen Füßen ab. Wenn ich den richtigen Moment abpasste, in dem Virginia nicht hinsah, könnte ich das Buch schnell unter das Sofa kicken, wo sie es irgendwann schon finden würden.

„Du bist noch ganz neu“, sagte Virginia plötzlich.

Als ich sie verwirrt ansah, fügte sie erklärend hinzu: „Als Vertraute, meine ich."

Ich nickte zustimmend und gab vor, einen Schluck Eistee zu nehmen.

Augenblicklich erlosch das zwanglose Lächeln in ihrem Gesicht. Selbst das besänftigende Grün ihrer Augen schien sich zu verhärten. „Die Feindschaften unserer Hexen betreffen uns gleichermaßen. In ihrer Welt haben wir keine Autonomie. Folglich stehen wir ebenfalls auf Kriegsfuß, wenn unsere Katzen es tun."

Ich hustete und stellte mein Glas auf dem Kaffeetisch ab. Es war wohl nicht länger nötig, den freundlichen Schein zu wahren, jetzt, wo sie ihre Feindseligkeit offen zur Schau trug.

„Bist du sicher?", fragte ich stirnrunzelnd. „Das erscheint mir so albern. Sollten Hexen und Vertraute nicht zusammenhalten?"

„Diese Entscheidung liegt nicht bei uns. Jetzt, da wir uns offiziell begegnet sind, ist deine Neugier hoffentlich befriedigt. Wenn du möchtest, kannst du deinen Tee austrinken, bevor du gehst." Mit diesen Worten leerte sie ihr eigenes Glas, erhob sich und stolzierte den Gang hinunter in ein anderes Zimmer.

Jetzt galt es, schnell zu handeln. Irgendetwas sagte mir, dass ich hier wahrscheinlich nicht mehr herauskäme, wenn ich mich nicht aus dem Staub machte, bevor Virginia zurückkehrte. Wie schnell sich ihr Verhalten verändert hatte! Das war echt gruselig gewesen. Ob ich eines Tages so werden würde wie sie? War ich jetzt, da mein magischer Kater mich als Vertraute erwählt hatte, zu einem Leben wie diesem verdonnert?

Da ich mich so schnell wie möglich verdrücken wollte, stieß ich mit dem Fuß gegen meine Tasche, um es wie ein Missgeschick aussehen zu lassen, falls mich jemand beobachtete. Dann bückte ich mich und hob sie auf, wobei ich das herausgefallene Zauberbuch so weit wie möglich unter die Couch schob.

Zufrieden mit meinem Werk brachte ich anschließend mein unberührtes Glas in die Küche und kippte den Eistee in die Spüle, bevor ich zur Haustür hinaus und auf meinen Wagen zueilte.

So viel zum Thema Diplomatie.

Was auch immer zwischen unseren Katzen vorgefallen sein mochte, sie würden sich selbst um eine Lösung des Konflikts kümmern müssen.

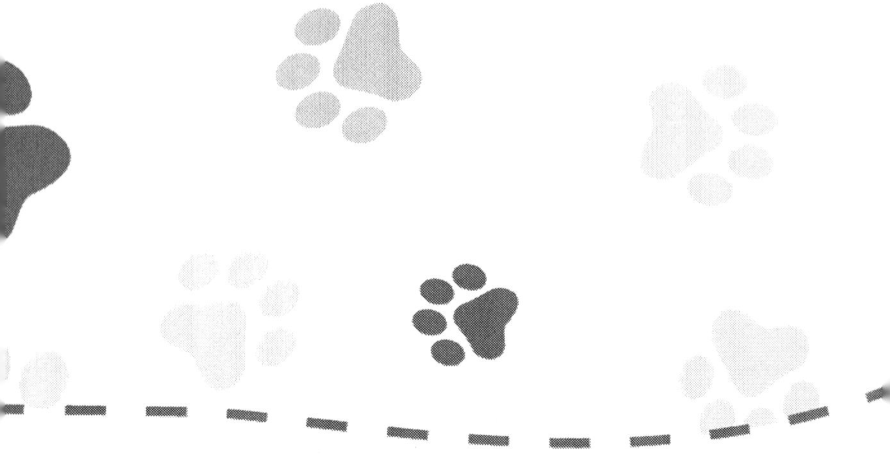

14

Auf dem Heimweg musste ich unablässig an meine merkwürdige Begegnung mit Virginia denken, wie sie sich von einer Sekunde zur anderen völlig verwandelt hatte. Laut Merlin besaßen Vertraute keine Magie, aber Virginias Persönlichkeitswandel von freundlich zu furchteinflößend war so unnatürlich gewesen, dass ich mich fragen musste, ob Luna sie vielleicht verzaubert hatte.

Und würde Merlin etwas Ähnliches mit mir anstellen?

Der Gedanke gefiel mir ganz und gar nicht. War es bereits zu spät, die Position als Vertraute dankend abzulehnen und ihm zu sagen, er solle sich jemanden suchen, der sich für das Leben in magischer Knechtschaft besser eignete?

Ich hatte das Gefühl, er würde mich aufspüren, egal, wohin ich flüchtete, und mich zurückschleifen. Außerdem war er zwar unhöflich, hatte mir aber sonst keinerlei Schaden zugefügt. Eigentlich hatte er ja sogar versprochen, mich zu beschützen, zumindest im Hinblick auf Harolds Mordermittlung.

Wie dem auch sei, bevor er noch mehr von mir verlangte, mussten wir uns erst einmal ernsthaft unterhalten. Lektion eins besagte, ich solle ihm vertrauen, aber Vertrauen beruhte auf Gegenseitigkeit. Und ich brauchte eine Art Handbuch, wenn er wollte, dass ich mich in meinem neuen Leben zurechtfand.

Ja, ein ausführliches Gespräch schien mir eine gute Idee zu sein. Dazu musste ich ihn allerdings erst einmal finden. Ich holte tief Luft und öffnete meine Haustür, bereit, ihm meinen Vorschlag zu unterbreiten.

Aber Merlin war nirgends zu sehen.

Stattdessen war das Haus während meines kurzen Besuchs bei Virginia völlig auf den Kopf gestellt worden. Ich war höchstens eine halbe Stunde weg gewesen, aber überall lagen Kissen und Polster herum, Stühle waren umgeworfen worden, das volle Programm.

Geistesgegenwärtig schnappte ich mir einen Besen aus dem Wandschrank im Flur und hielt ihn wie einen Baseballschläger vor mir ausgestreckt, während ich mich tiefer ins Haus wagte.

„Wer ist da?“, rief ich und blickte mich wild um. Wer würde es wagen, am helllichten Tag bei mir einzubrechen? Und warum? Ich besaß nichts Wertvolles.

Plötzlich flog der Besen aus meinen Händen und wirbelte herum, um mich gegen die Wand zu drücken.

„Wo ist es?“, fragte eine langgewachsene, weiße Katze, die auf mich zustolzierte. *Luna.*

„Lass mich los“, schluchzte ich und versuchte, mich aus meinem Gefängnis zu befreien. Aber Lunas Magie schien um einiges stärker zu sein als meine Muskeln.

„Erst, wenn du mir verrätst, wo es ist.“ Sie hielt etwa einen Meter vor mir an und fuhr die Krallen an einer Vorderpfote aus. „Los, raus mit der Sprache!“

Ich könnte mich dumm stellen und so tun, als wüsste ich nicht, wovon sie sprach, aber es erschien mir vernünftiger, ihrer Forderung nachzukommen. „Das Buch?“, fragte ich.

Ihre glühenden, grünen Augen weiteten sich. „Du gibst also zu, dass du es gestohlen hast?“

„Ich gebe zu, es mitgenommen zu haben, aber ich habe es eben wieder zurückgebracht. Es tut mir leid.“

„Du hast keine Ahnung, was du angerichtet hast. Was für Probleme du verursacht hast!“

„Es tut mir wirklich leid. Bitte, lass mich los“, flehte ich kleinlaut.

„Nein“, fauchte sie. „Du hast die Sache angefangen, und du wirst sie auch beenden.“

Der Besen fiel zu Boden und ich stolperte vorwärts. Kaum war ich jedoch befreit, rammte einer meiner Esszimmerstühle von hinten gegen meine Kniebeugen brachte mich zu Fall. Ich sackte auf dem Stuhl zusammen und wurde umgehend wieder von dem Besen gegen die Lehne gepresst.

„Bitte ...“, wimmerte ich, und dicke Tränen kullerten mir über die Wangen. „Ich habe nie darum gebeten, Merlins Vertraute zu werden. Ich wollte das alles gar nicht.“

„Du kommst mit mir“, erwiderte Luna und blinzelte einmal, zweimal ...

In der nächsten Sekunde waren wir zurück in ihrem Cottage. „Bringst du mich jetzt um?“

„Wo ist das Buch?“, fauchte Luna, statt auf meine Frage einzugehen.

„Unter dem S-S-Sofa“, stammelte ich. Es brachte mir nichts, sie anzulügen.

Die weiße Katze rannte unter die Couch und kam gleich darauf mit dem Zauberbuch zwischen den Zähnen wieder hervor.

Ich war weiterhin auf dem Stuhl sitzend gefangen und konnte nur zusehen, wie sie das Buch auf den Kaffeetisch schweben ließ und durch die Seiten blätterte.

Als sie scheinbar gefunden hatte, wonach sie suchte, lächelte sie zufrieden, blinzelte einmal und teleportierte uns in ihren Garten. Dort lief sie auf einen steinernen Brunnen zu, während sie mich mit ihrer Magie hinter sich herzog.

„Was hast du vor?“, schluchzte ich.

„Das geht dich nichts an“, erwiderte Luna, sprang auf meinen Schoß und kratzte an meiner Hose. Es schien, als hätte sie mit ihrer Kralle etwas aufgespießt, denn sie rannte damit zum Brunnen hinüber und ließ es hineinfallen.

Dann kehrte sie zurück zu mir, biss eines meiner Haare ab und schmiss es ebenfalls in den Brunnen.

„Ist das dein Kessel?“, fragte ich.

„Ach, also hat er dir doch etwas beigebracht. Nur leider nicht genug, sonst hättest du mir wohl kaum so leicht in die Hand gespielt.“

„Was? Das verstehe ich nicht.“

„Gut, dann wird dein Meister ebenfalls keine Ahnung haben, was ihn erwartet.“

„Was genau hast du vor?“

„Nichts, was dich betrifft. Ich will die Dinge lediglich geradebiegen“, entgegnete sie, während sie durch ihren Garten streifte und verschiedene Blätter und Blüten pflückte, die sie ebenfalls in den Brunnen warf.

Etwa zwanzig Minuten lang sah ich ihr dabei zu, aber es gelang mir nicht, sie zu überreden, mir ihr Vorhaben zu verraten. Als kurze Zeit später eine schimmernde, smaragdgrüne Rauchwolke aus dem Brunnen emporstieg, kicherte sie vielmehr mädchenhaft als niederträchtig.

„Peeerfekt!“, rief sie aus. „So, geh damit nach Hause und mische diesen Trank unter Merlins Wasser.“ Mithilfe ihrer Magie tauchte sie eine leere Plastikflasche in das dampfende Gebräu. Als diese wenig später wieder erschien, befand sich kaum ein halber Zentimeter Flüssigkeit darin.

„Das werde ich nicht tun“, erwiderte ich und versuchte erneut, mich aus meiner Zwickmühle zu befreien.

Luna lachte abermals, woraufhin der Besen entzweibrach und der Stuhl zu einem Häufchen

Sägemehl zerfiel. „Lustigerweise bleibt dir nichts anderes übrig. Du wirst ihn auch nicht warnen können. Das ist ebenfalls Teil des Zaubers."

„Deswegen hast du mein Haar genommen", realisierte ich plötzlich.

„Genau. Und seines auch. Zu meinem Glück kann er einem warmen Schoß wohl nicht widerstehen, was?"

„Ich weiß zwar nicht, was du vorhast, aber du wirst damit nicht durchkommen."

„Das ist mir bereits gelungen", entgegnete Luna mit einem hämischen Grinsen.

Dann blinzelte sie einmal, zweimal ...

Und im nächsten Moment war ich zurück zu Hause, die Wasserflasche fest mit einer Hand umklammert. Noch bevor ich mich dagegen wehren konnte, hatte ich den Inhalt in Merlins Wasserschüssel geschüttet. Kaum war die Flasche geleert, löste sie sich in Luft auf.

Nein, nein, nein! Verzweifelt versuchte ich, nach der Schüssel zu greifen, aber eine unsichtbare Macht hielt mich zurück. Ich konnte Lunas Plan nicht aufhalten und ich konnte Merlin nirgends finden, um ihn im Auge zu behalten.

Was sollte ich jetzt nur tun?

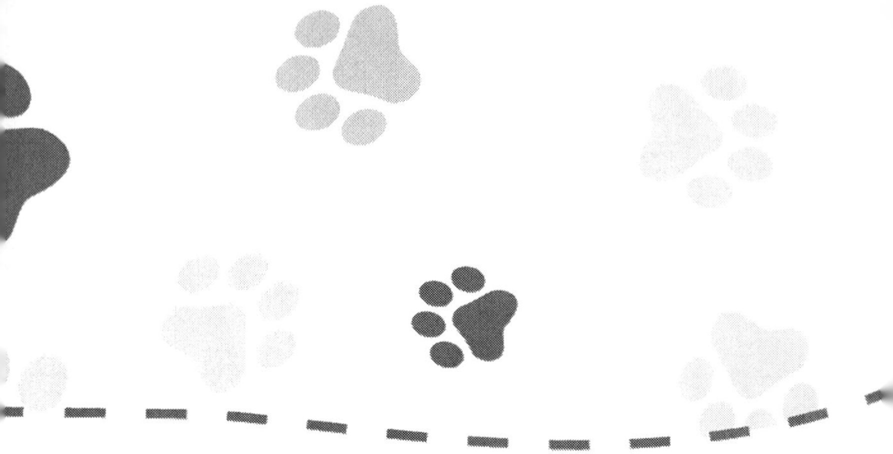

15

Ich musste wohl eingeschlafen sein, denn ich erwachte von den Sonnenstrahlen, die sich durch die Jalousien meines Schlafzimmers stahlen und mich blendeten.

Merlin sprang auf meine Brust und ließ seinen buschigen Schwanz über mein Gesicht streifen. „Du schläfst wirklich viel für einen Menschen. Bist du sicher, dass du keine Katze bist?“, neckte er mich. Seine weißen Schnurrhaare bebten vergnügt.

Mit einem Mal fielen mir die gestrigen Geschehnisse wieder ein – Luna, der Trank, meine Rolle in ihrem hinterhältigen Plan.

„Merlin!“, rief ich aus und warf die Arme um ihn. „Es geht dir gut!“

Er befreite sich aus meinem Griff und hüpfte

außer Reichweite, von wo aus er mich mit einem argwöhnischen Blick bedachte. „Selbstverständlich geht es mir gut. Warum sollte es das nicht?“ Die Haare auf seinem Rücken stellten sich auf, ein deutliches Anzeichen dafür, dass ich als Katzenbesitzerin einen Schritt zu weit gegangen war.

„Weil ich …“, begann ich, aber die Worte blieben mir im Hals stecken.

„Gestern …“, setzte ich erneut an. „L…“

Jedes Mal, wenn ich zu sprechen versuchte, versagte mir die Stimme.

„Du verhältst dich seltsam“, bemerkte mein Kater und legte die Ohren an.

Er hatte natürlich recht, aber ich wusste nicht, was ich dagegen tun konnte. Vielleicht sollte ich versuchen, über ein anderes Thema zu sprechen.

„Hast du Hunger?“, fragte ich beiläufig, ohne auf magische Weise zum Schweigen gebracht zu werden. Was auch immer Lunas Zauberspruch bewirkte, es war mir nicht möglich, mich dessen Einfluss zu entziehen.

Wenn ich doch nur mehr Wissen oder Rat hätte, könnte ich vielleicht einen Weg finden … Aber der Einzige, der mir zu helfen vermochte, war Merlin, und ihn konnte ich nicht fragen.

„Klar, was für eine Frage!“ Er sprang vom Bett und schlüpfte aus dem Zimmer.

Besorgt folgte ich ihm.

In der Küche stellte ich fest, dass seine Wasserschüssel leer war. Ich wollte ihn fragen, wie er sich fühlte, nachdem er Lunas Zaubertrank getrunken hatte, aber das konnte ich ja nicht. Also schüttelte ich nur hilflos den Kopf und füllte seine Schüssel erneut auf.

„Musst du heute arbeiten?“, erkundigte Merlin sich, als ich eine Dose Katzenfutter öffnete und seine Futterschüssel befüllte.

„Nein, heute nicht.“

„Gut, dann können wir mit deiner Ausbildung fortfahren.“ Mit diesen Worten widmete er sich eifrig seinem Frühstück.

Es war die reinste Tortur darauf zu warten, dass Lunas Zauber seine Wirkung entfaltete. Zum Glück war der Tag bislang ereignislos verlaufen, aber ich konnte mich vor Sorge kaum konzentrieren.

„Willst du dir keinen Kaffee machen?“, fragte Merlin nach einer Weile.

Ein Blick auf seine Schüssel zeigte mir, dass er sein Futter bereits verputzt hatte. Wow, ich musste mit meinen Gedanken wirklich ganz woanders gewesen sein.

„Ja, Kaffee“, sagte ich und bewegte mich leicht zombiehaft zu meiner Keurig-Maschine hinüber. Ein Koffeinschub würde mir sicher guttun.

„Lektion drei“, verkündete Merlin von seinem Platz auf dem Linoleumboden aus. „In allem, was du tust, repräsentierst du mich. Wenn du also etwas gut machst, werde ich dafür gelobt. Wenn du Mist baust, werde ich dafür bestraft.“

„Warum erzählst du mir das?“, fragte ich nervös.

Er starrte mich reglos an. „Damit du keinen Mist baust.“

Ich schluckte schwer. Das hatte ich bereits, und zwar so richtig, aber ich hatte keine Möglichkeit, es ihm zu beichten. Verflixt!

„Du bist nicht magisch“, fuhr er ohne Wissen um meinen inneren Konflikt fort. „Aber du bist ein Speicher. Quasi wie ein lebendiger Kessel. Deine Anwesenheit verstärkt meine Magie. Je länger wir Zeit miteinander verbringen, desto mehr wird sich meine Magie an dich binden. Du kannst sie zwar nicht benutzen, aber für meine späteren Bedürfnisse speichern.“

Das war zu viel Information, um sie vor dem ersten Kaffee aufzunehmen.

Merlin sprang auf die Küchentheke und musterte mein Gesicht eingehend. „Es sieht ganz so aus, als hättest du bereits ein wenig Magie aufgesammelt", stellte er fest.

„Wie bitte?", krächzte ich und fuhr mir mit den Fingern übers Gesicht.

Mein Kater grinste. „Deine Augen."

„Was ist mit ihnen?"

„Bleib ruhig und schau in den Spiegel."

Ich marschierte ins Badezimmer und schaltete das Licht ein. Meine sonst dunkelbraunen Augen waren plötzlich strahlend grün.

„Grün!", rief ich erschrocken aus und starrte mein Spiegelbild ungläubig an. „Warum sind meine Augen grün?"

„Ganz einfach", sagte Merlin, der im Türrahmen erschien. „Die Augen sind der Spiegel der Seele. Grün ist die Farbe der Magie. Jetzt, da Magie in dir steckt, ist deine Seele grün getönt."

„Du hast doch eben gesagt, dass ich nicht magisch sei", wandte ich verzweifelt ein. Es war wirklich schwer, ihm bedingungslos zu glauben, wenn er so viele Widersprüche äußerte.

Merlin gähnte und streckte sich ausgiebig. „Du bist nicht *magisch*. In dir steckt Magie. Ein kleiner, aber feiner Unterschied. Du wirst es schon noch kapieren", versicherte er mir.

Entweder hatte er unbändiges Vertrauen in mich

oder er war zu stur, sich einzugestehen, dass ich die falsche Wahl für seine Vertraute war. Im Moment war ich mir nicht sicher, welche der beiden Optionen zutraf, und es war mir auch egal.

Toll. Warum ist das mein Leben?

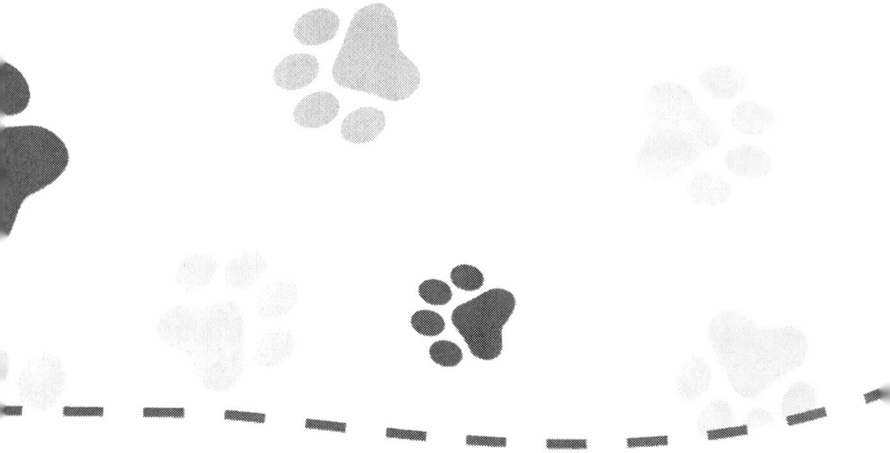

16

Ich hoffte immer noch, einen Weg zu finden, Merlin von Lunas Zauberspruch zu erzählen, aber ihre Magie hielt mich jedes Mal zurück, wenn ich nur darüber nachdachte.

Um nicht weiter unnötig Zeit zu verschwenden, lenkte ich das Gespräch auf ein sichereres Thema – die laufende Mordermittlung.

„Merlin?“, begann ich, während meine zweite Tasse Kaffee durch die Maschine lief. „Kannst du deine Magie verwenden, um herauszufinden, wer Harold getötet hat?“

Er dachte einen Moment lang nach und rollte sich über den Boden, um dem Sonnenstrahl zu folgen, der durch das Wohnzimmerfenster hereinfiel und langsam durch den Raum wanderte. „Schon möglich. Dazu müsste ich aber den Leichnam sehen."

Ein Schauer lief mir über den Rücken. „In die Leichenhalle einzubrechen sollte erst mal Plan B bleiben", schlug ich vor und legte schützend die Arme um mich selbst.

„Wie du willst", erwiderte er, schloss die Augen und schnurrte genüsslich. „Falls du meine Dienste benötigst, weißt du ja, wo du mich findest."

Das tat ich. Zumindest im Moment. Früher hatte mich sein ständiges Herumstreunen nie sonderlich beunruhigt, aber jetzt bot jede Minute, die wir nicht zusammen verbrachten, unseren Feinden eine Möglichkeit, einen von uns zu entführen.

Wenn ich ihn doch nur warnen könnte!

Ich wusste ja, dass er erst vor Kurzem zu einem vollwertigen Magier ernannt worden war – was laut ihm erst dann geschah, sobald eine Katze offiziell eine Vertraute erwählte. Aber seine sorglose Einstellung schien uns beide ziemlich großen Gefahren auszusetzen. Und natürlich war ich noch viel unerfahrener als er bei dieser Magiegeschichte, weshalb er keinen Grund hatte, meiner Bitte nach besserem Schutz Gehör zu schenken.

Da ich ihm nicht einmal erklären konnte, warum

ich diesen Schutz brauchte, steckten wir beide wohl in der Klemme.

Seufzend gab ich etwas Milch zu meinem Kaffee und rührte ihn um, während ich über die Fakten nachdachte, die mir hinsichtlich Harolds Todes bekannt waren. Vielleicht könnte ich mich besser auf meine magischen Probleme konzentrieren, sobald ich die weltlichen bewältigt hatte.

Offensichtlich hatte ich mich nie groß privat mit meinem ehemaligen Chef unterhalten, daher konnte es durchaus sein, dass ein persönlicher Skandal für sein frühes Ableben verantwortlich war. Um meinen Hintern zu retten, musste ich zumindest alle Hinweise in Betracht ziehen, die ich erfahren hatte.

Zunächst war da die Tatsache, dass seine entfremdete Tochter Kelley kürzlich wieder in sein Leben getreten war. Deren Mutter hatte diese Wiedervereinigung jedoch unterbinden wollen. Kelley war zu Harolds Todeszeitpunkt ebenfalls anwesend gewesen, aber sie war offensichtlich viel zu aufgewühlt, um als Verdächtige in Frage zu kommen.

Drake hatte an jenem Tag auch gearbeitet. Moment mal … ich hatte ihn seitdem gar nicht mehr gesehen! Hasste er unseren Chef womöglich so sehr, dass er ihn tatsächlich vergiftet hatte?

Dieser Spur musste ich später eingehender folgen.

Außer uns dreien und Harold war sonst so gut wie niemand im Café gewesen. Eine einzige Kundin hatte in der Ecke ihren Kaffee getrunken, war aber sofort gegangen, als wir sie darum baten.

Hmmm.

Es konnte natürlich auch sein, dass das Gift für mich bestimmt war, und Harold unglücklicherweise den Schaden abbekommen hatte. Je mehr ich darüber nachdachte, desto stärker befürchtete ich, dass dies der Fall sein könnte. An jenem Tag hatte ich Merlin zum ersten Mal Magie wirken sehen, bevor ich zur Arbeit hetzte. Er sagte, es sei ein Test gewesen, um festzustellen, ob ich als Vertraute geeignet wäre. Später am Abend hatte er sich mir zu erkennen gegeben.

Mir war bekannt, dass er eine Erzfeindin namens Luna hatte, die in der Nähe wohnte. Sie war durchgeknallt genug, um mich zu entführen, einen merkwürdigen Voodoo-Trank zu brauen und mich zu zwingen, ihn meinem Kater unters Wasser zu mischen.

Hatte sie das getan, weil ihr erster Anschlag auf mich fehlgeschlagen war und stattdessen den armen Harold getroffen hatte?

Beamtin Dash hatte etwas von einem Toxikologiebericht gefaselt, aber keine Einzelheiten genannt.

Wussten wir also mit Sicherheit, dass Gift im Spiel war – oder war es womöglich Magie?

So viele Fragen, und es gab niemanden, dem ich sie stellen konnte. Wenn ich mich schlau anstellte, könnte ich vielleicht auf Umwegen Informationen über Luna von Merlin herausbekommen. Ich trank meinen Kaffee aus und ließ mich neben ihm auf dem Wohnzimmerteppich nieder.

„Hast du eine Ahnung, wer Harold getötet haben könnte?“, fragte ich leise.

Merlin hielt die Augen geschlossen, aber seine Schnurrhaare zuckten. Er hatte meine Frage also gehört, schien sie aber nicht gutzuheißen. „Willst du in die Leichenhalle einbrechen?“

Bei dem Gedanken erschauderte ich. „Kannst du nicht ohne mich gehen?“, fragte ich. Das wäre mir weitaus lieber. „Teleportier dich einfach hinein, schau dich um und komm wieder zurück.“

„Könnte ich schon“, erwiderte er und öffnete ein Auge. „Aber ich weiß ja nicht, wie er aussieht.“

Verflixt! Ich verspürte wirklich nicht die geringste Lust, mich durch einen Haufen tiefgefrorener Leichen zu wühlen, aber ich wollte auch nicht ins Gefängnis wandern. Würde ich es schaffen, mich für das Allgemeinwohl durchzuringen?

„Hast du ein Bild von ihm?“, fragte Merlin, rollte sich auf die Pfoten und schüttelte sich.

Oh, ein Bild! Super Idee! Warum hatte ich nicht selbst daran gedacht?

„Ich schau mal eben auf der Facebook-Seite des Cafés nach. Bestimmt finde ich da ein brauchbares Foto“, sagte ich und begab mich auf die Suche nach meinem Tablet.

Warum war mir das nicht schon früher eingefallen?

Na ja, besser spät als nie …

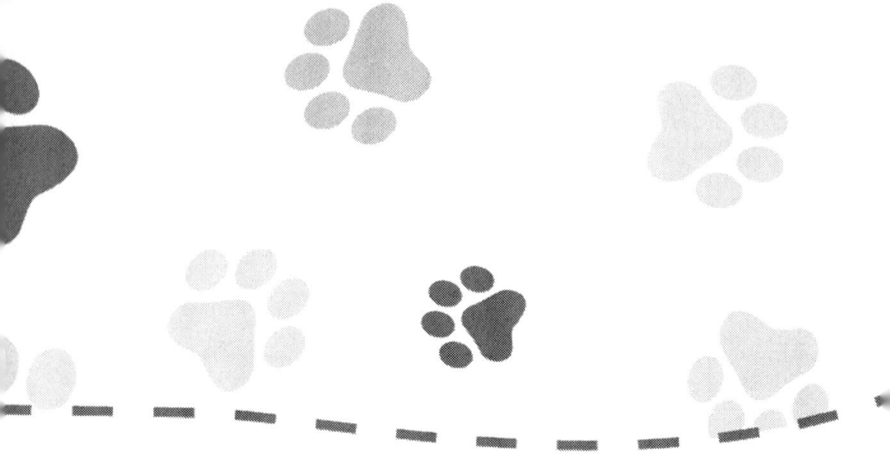

17

Es dauerte nicht lange, ein gutes Foto auf Facebook zu finden. Obwohl die Seite von Harolds Caféhaus nur eine Handvoll Likes hatte, schien er keine Chance ausgelassen zu haben, sich vor der Kamera in Pose zu setzen, um der Welt zu zeigen, wie wichtig er war.

„Damit lässt sich arbeiten“, sagte Merlin, als ich ihm meinen Fund präsentierte. „Ich kann mich nicht direkt in die Leichenhalle hineinteleportieren, daher könnte die Erkundungsmission etwas länger dauern.“

„Warum geht das nicht?“, fragte ich. Der Gedanke, zu lange von ihm – und seinem magischen Schutz – getrennt zu sein, beunruhigte mich.

„Aus demselben Grund, warum ich außerhalb

Lunas Haus landen und uns dann durchs Fenster reinbringen musste: Wenn du an einen Ort teleportieren willst, den du nicht sehen kannst und nicht gut kennst, besteht das Risiko, mitten in einer Wand steckenzubleiben oder sich auf ähnlich ungünstige Weise zu verkalkulieren“, erklärte er mir.

„Oh“, erwiderte ich eloquent.

„Lektion Nummer vier. Magie lässt sich viel schwieriger kontrollieren, als es für Außenstehende den Anschein hat“, verkündete er und rollte die Schultern.

„Das merke ich langsam auch.“

Es klopfte an der Tür und ich drehte flüchtig den Kopf in die Richtung des Geräuschs. Als ich mich wieder Merlin zuwenden wollte, war dieser bereits verschwunden.

Stöhnend begab ich mich zur Haustür, um herauszufinden, was Beamtin Dash nun schon wieder wollte. Denn ich wusste genau, dass sie es war. In den vergangenen Tagen hatte sie mich so oft genervt, dass ich mittlerweile den energischen Takt ihres Klopfens erkannte.

Bumm. Bumm. Tap, tap, tap. BUMM!

Ich riss die Tür auf und erinnerte mich daran, dass ich Beschwerde gegen sie einlegen würde, wenn sie sich diesmal nicht professioneller benahm. Dieser

Gedanke besänftigte mich ein wenig, als ich wieder einmal der unerträglichsten Person auf der ganzen Welt gegenüberstand.

„Wir haben den Toxikologiebericht“, verkündete Dash und hakte einen Daumen in ihre Gürtelschlaufe.

Ich verschränkte die Arme vor der Brust und versperrte ihr den Weg ins Haus. „Und?“

Sie hakte den anderen Daumen in eine Gürtelschlaufe und wippte vor und zurück. „Frostschutzmittel. Nicht gerade ein übliches Haushaltsmittel hier im warmen Elderberry Heights. Sagen Sie, sind Sie nicht weiter nördlich aufgewachsen?“

„In Michigan“, brachte ich heraus, während mein Magen sich verkrampfte. „Worauf wollen Sie hinaus?“

„Ist das Ihr Wagen in der Einfahrt?“

„Ja.“ Mir gefiel ganz und gar nicht, in welche Richtung dieses Gespräch verlief.

„Hm“, erwiderte die Beamtin nur.

„Jetzt kommen Sie schon. Sie glauben doch nicht ernsthaft, dass das irgendetwas beweist? Frostschutzmittel ist überall erhältlich, selbst hier im Süden Georgias!“

Augenblicklich zückte sie ihr dämliches Notizbuch. „*Aha, aha.* Und woher wissen Sie das so genau?“

„Ich habe Harold nicht umgebracht“, presste ich zwischen zusammengebissenen Zähnen hervor.

„Natürlich nicht.“ Sie lächelte gehässig. „Ich bin bald mit einem Durchsuchungsbefehl zurück. Oh, und ich würde auf keinen Fall die Stadt verlassen, wenn ich Sie wäre.“

Na ganz toll.

Kaum war Dash davonstolziert, knallte ich die Tür zu. Sie wirkte so selbstzufrieden, wie eine Katze, die im Begriff stand, sich den Kanarienvogel zu krallen, dass sie nichts anderes wahrnahm, als ihren bevorstehenden Sieg ... nicht einmal die offensichtliche Tatsache, dass ich unschuldig war!

Plötzlich vibrierte mein Handy in meiner Hosentasche. Es war eine Nachricht von Kelley.

Habe meiner Mom gesagt, dass ich mit dir zum Mittagessen verabredet bin. Sie besteht darauf mitzukommen.

Hm. Also war ihre Mutter eingetroffen und machte ihr das Leben schwer.

Wo?, schrieb ich zurück.

In der BBQ Shack um 12.

Okay, bis gleich.

Ich war überzeugt, dass Dash nach Strohhalmen

griff. Sollte ihre Frostschutzmittel-Theorie jedoch zutreffen, hätte ich noch eine andere Verdächtige aus kühleren Gefilden vorzuweisen.

Und diese würde ich gleich zum Mittagessen treffen.

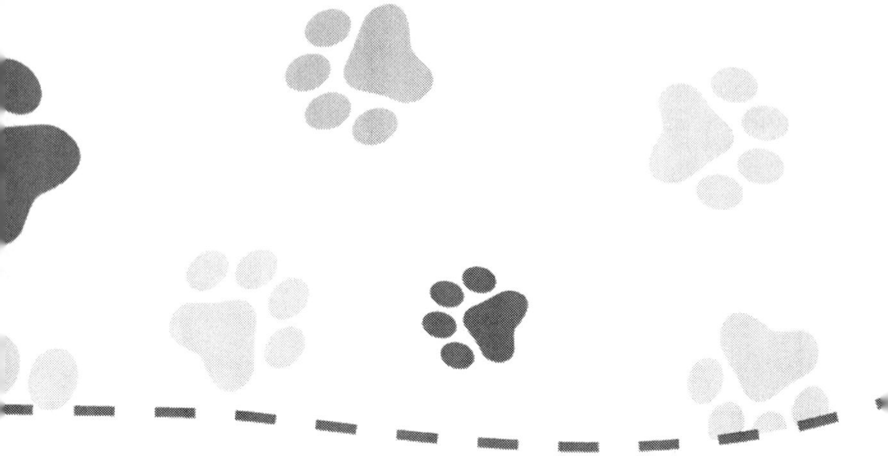

18

Trotz meiner Stoßgebete kehrte Merlin nicht rechtzeitig vor meiner spontanen Verabredung zum Mittagessen zurück. Ich wünschte, ich könnte ihn zurückrufen, jetzt, da Dash mir die genaue Todesursache mitgeteilt hatte, aber ich hatte ja keine Möglichkeit, ihn zu erreichen.

Na ja, er würde es noch früh genug herausfinden. Immerhin war ich beruhigt, dass unser lieber Harold nicht unter magischen Umständen gestorben war.

Ich trug mein übliches Ausgeh-Make-up auf. Nach einem Blick in den Spiegel wusch ich es jedoch wieder ab. Der blaue Lidschatten, der normalerweise meine dunkelbraunen Augen zur Geltung brachte, sah mit dem neuen Grün einfach lächerlich aus. In Gedanken setzte ich einen Besuch in der Make-up-

Abteilung meiner Drogerie auf meine ohnehin schon beachtliche To-do-Liste, wenn ich zukünftig nicht völlig ungeschminkt durch die Gegend laufen wollte.

Als ob. Ich hatte zwar weder viele Fältchen noch Pickel, aber allein die tägliche Routine des Auftragens von Pudern und Glossen verlieh mir eine besondere Art von Mut. Zu wissen, dass ich gut aussah, half mir, mich dem Tag zu stellen. Ich war nie auffällig hübsch gewesen, trotzdem wollte ich anderen zeigen, dass mir ein gepflegtes Auftreten wichtig war … dass *ich* mir wichtig war. Meine Mutter hatte mich diese Gepflogenheit in jungen Jahren gelehrt. Lächelnd erinnerte ich mich an jene Morgen während meiner Mittelschulzeit zurück, an denen wir gemeinsam vor dem riesigen Badezimmerspiegel standen und unser Rouge auftrugen.

Bei dem Gedanken vermisste ich meine Mutter im weit entfernten Michigan. Sobald diese Ermittlung beendet war, würde ich sie endlich einmal wieder anrufen. Vorher wäre es jedoch nicht möglich, da sie mich sofort durchschauen würde, wenn ich versuchte, lässig zu klingen.

Der Anruf musste noch ein wenig warten.

Während der morgendlichen Hektik mit dem Gerede um Harold und dem erzwungenen Schweigen über Luna, war ich gar nicht dazu gekommen zu frühstücken. Als ich nun vor dem Restaurant eintraf, knurrte mein Magen laut und vorwurfsvoll.

Die BBQ Shack war unter den Einheimischen äußerst beliebt, und oftmals musste man ewig Schlange stehen, um einen Tisch zu ergattern. Ich war bisher noch nie dort gewesen, aber sobald ich das Restaurant betrat und mir der würzig-süße Duft von Gegrilltem in die Nase stieg, lief mir das Wasser im Mund zusammen.

Kelley saß bereits an einem Tisch im vorderen Bereich des Lokals und winkte mich zu sich hinüber. Kaum hatte ich den Platz erreicht, sprang sie auf und gestikulierte zwischen mir und ihrer Mutter, einer mürrisch dreinblickenden, erschreckend abgemagerten Frau, hin und her. „Gracie, das hier ist meine Mutter. Mom, Gracie."

Diese blieb sitzen und streckte mir eine schlaffe Hand zum Gruß entgegen. Ich wusste nicht, ob sie mir unsympathisch war oder ich einfach empfindlich auf das Gefühl reagierte, dass sie mich nicht leiden konnte. Jedenfalls fühlte ich mich augenblicklich unbehaglich. Glücklicherweise übertönte die Geräuschkulisse der übrigen Gäste meinen nörgelnden Magen.

Niemand sagte etwas, bis die Kellnerin kam und die Getränkebestellung aufnahm. Kelley und ihre

Mutter hatten sich bereits eine Eistee-Limonade bestellt, also orderte ich ebenfalls eine.

Als immer offensichtlicher wurde, dass Kelley nicht wusste, was sie sagen sollte und ihre Mutter keine Lust verspürte, ein Gespräch zu beginnen, faltete ich die Hände vor mir auf dem Tisch und ergriff die Initiative. „Wie gefällt es Ihnen hier in Elderberry Heights, Mrs …?“ *Mist*, ich kannte Kelleys Nachnamen gar nicht.

„Carmine“, informierte mich meine Freundin mit einem angespannten Lächeln.

„Außerdem heißt es Miss. Nachdem ein gewisser Partner meine Vorstellung von Liebe und Ehe zerstört hat, habe ich nie geheiratet.“ Miss Carmine rümpfte die Nase und zog das Körbchen mit den bunten Zucker- und Süßstoffpäckchen zu sich heran.

„Mom“, jammerte Kelley und schlug die Fußsohlen so wuchtig gegen ihre Stuhlbeine, dass sogar der Tisch vibrierte. „Du hast versprochen, nicht mehr über Dad zu reden.“

„Ich kann nichts dafür, deine Freundin hat mich darauf angesprochen. Und nenn ihn gefälligst nicht ‚Dad‘, der Mann war nie ein Vater für dich.“

„Ich wollte nicht … Es tut mir leid, falls …“

„Du musst dich nicht entschuldigen“, sagte Kelley beschwichtigend zu mir, bevor sie sich wütend an ihre Mutter wandte. „Hör auf, ihn ständig schlechtzureden! Ich verstehe ja, dass zwischen euch einiges schiefgelaufen ist, aber er ist tot. Lass es endlich gut sein."

Ms Carmine schnaubte und schüttete sich zwei Päckchen Süßstoff in ihren Eistee, die sie dann energisch mit dem Strohhalm verrührte.

Da die Situation nun eh schon angespannt war, beschloss ich, etwas tiefer nachzubohren. „Was genau ist denn zwischen Ihnen vorgefallen?"

Kelley riss schockiert die Augen auf und schürzte die Lippen, sagte aber nichts weiter. Ihr Gesichtsausdruck verriet mir jedoch, dass ich sie auf die schlimmstmögliche Art hintergangen hatte.

Es war schrecklich, meine neue Freundin so verletzen zu müssen, aber dafür würde ich mich später entschuldigen. Sie würde es mir danken, wenn ich erst den Mörder ihres Vaters überführt hätte – selbst, wenn dieser sich als ihre eigene Mutter entpuppen sollte.

„Was zwischen uns vorgefallen ist?", wiederholte Ms Carmine aufgebracht. „Was zwischen uns vorgefallen ist?"

Kelley legte ihrer Mutter eine Hand auf die Schulter und wisperte ihr etwas ins Ohr. „Die altbekannte Geschichte: Mädchen verliebt sich in Jungen,

Junge betrügt Mädchen, und sie lebten unglücklich bis ans Ende ihrer Tage", sagte sie dann zu mir und winkte wild nach einer Kellnerin. „Entschuldigung, Miss? Wir wären dann so weit!"

„Er hat mich nicht einfach nur betrogen", presste Ms Carmine hervor. „Es war mit meiner Mitbewohnerin, die zufällig auch noch meine beste Freundin war. Da ich nirgendwo hinkonnte, habe ich die Stadt verlassen. Ich habe mir geschworen, ihn mit bloßen Händen zu erwürgen, sollte er es wagen, je wieder bei mir aufzukreuzen."

„Mom!", rief Kelley verzweifelt und sprang auf. „Es reicht jetzt!"

Ms Carmine nippte schweigend an ihrem Eistee. Immerhin schien sie nun, da sie ihrem Ärger Luft gemacht hatte, wesentlich besser gelaunt zu sein.

Während wir aßen und über belanglose Dinge plauderten, konnte ich jedoch nicht umhin, mich eines zu fragen: Hatte Kelleys Mutter gerade den Mord an Harold gestanden?

Und wenn ja, was sollte ich nun tun?

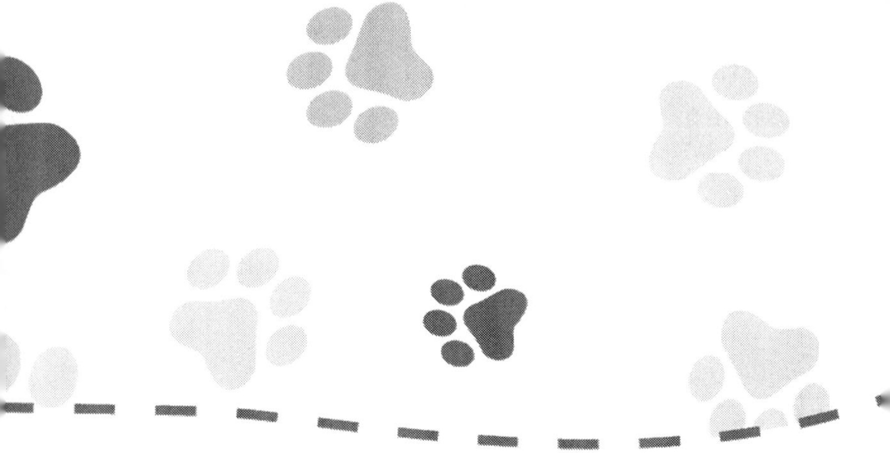

19

Als ich nach dem Essen nach Hause zurückkam, wartete Merlin bereits hinter der Haustür auf mich.

„Wo warst du?“, fragte er und peitschte gereizt mit dem Schwanz.

„Ich musste einer Freundin bei etwas helfen“, erklärte ich, marschierte ins Wohnzimmer und ließ mich auf die Couch fallen.

„Du riechst nach Barbecue-Sauce“, bemerkte er vorwurfsvoll. Seine Schnauze zuckte betrübt.

„Ich musste mich zum Mittagessen mit ihr treffen. Aber das ist jetzt nicht wichtig.“ Ich lehnte mich nach vorne und legte die Fingerspitzen aneinander. „Ich glaube, ich weiß, wer Harold umgebracht hat.“

Merlin sprang neben mich auf das Sofa und

gestattete mir, die Finger durch sein dichtes Fell fahren zu lassen. „Du hast also den vollen Durchblick, was? Dann lass mal hören."

„Es war Ms Carmine. Sie ist die Mutter einer der anderen Baristas, Kelley. Und Harold war Kelleys Vater. Ihre beiden Eltern waren gar nicht gut aufeinander zu sprechen. Hinzu kommt noch, dass Harold mit Frostschutzmittel vergiftet wurde und dass Beamtin Dash überzeugt ist, der Mörder komme nicht von hier, und außerdem hat Ms Carmine die Tat beim Mittagessen mehr oder weniger gestanden und damit hätten wir es!"

„Interessant", sagte Merlin. „Hundertprozentig falsch, aber trotzdem interessant."

„Falsch?" Enttäuscht zog ich meine Hand weg. „Warum das denn? Ich habe wirklich lange und hart darüber nachgedacht, und bin der festen Überzeugung, dass Ms Carmine schuldig ist."

„Und ich weiß mit absoluter Sicherheit, dass du falsch liegst." Er setzte sich auf und reckte stolz die pelzige Brust heraus. „Nachdem ich unserem alten Freund Harold eben einen Besuch abgestattet habe, kann ich ohne Zweifel bestätigen, dass er durch einen magischen Trank vergiftet wurde, nicht durch ... wie hast du das genannt? Frostmittel?" Leise kichernd schüttelte er den Kopf.

„Aber Beamtin Dash hat gesagt …“

„Sie hat gelogen“, fiel er mir ungerührt ins Wort.

Nein, das ergab doch überhaupt keinen Sinn. Das wollte ich ihm auch sagen, wenn er mich denn aussprechen ließe. „Warum würde eine Polizistin lügen?“

Merlin ließ den Kopf hängen und legte besorgt die Ohren an. „Gute Frage. Natürlich kannst du sie nicht zur Rede stellen, denn sie würde bestimmt alles leugnen.“

„Ich gehe aufs Revier“, entschied ich und bewegte mich in Richtung Tür. „Irgendetwas ist hier mehr als faul.“

„Ich komme mit“, beharrte er.

„Willst du uns dorthin teleportieren? Das Revier ist auf einer ziemlich geschäftigen Straße. Uns wird bestimmt jemand sehen.“

Merlin sprang von der Couch hinunter und wandte sich mir zu. „Du fährst, wir treffen uns dann dort. Erst muss ich noch etwas an meinem Kessel erledigen.“

„Was hast du denn vor? Können wir nicht einfach zusammen fahren? In deiner Gegenwart würde ich mich sicherer fühlen.“ Schon traurig, dass ich mich nur noch im Beisein meines Katers sicher genug fühlte, das Haus zu verlassen.

Doch dieser ließ sich nicht erweichen. „Ich bin ein Kater, Gracie. Wir fahren nicht Auto. Außerdem werde ich längst am Revier auf dich warten, bis du eintriffst. Ich muss nur schnell einen Wahrheitstrank brauen. Da ich ein Himmelsmagier bin, kann ich ihn über die Luft wirken lassen. Dann braucht diese Beamtin … wie war ihr Name noch gleich? Nash?"

„Dash", korrigierte ich ihn. „Die mit den furchtbaren Manieren und dem immerzu mürrischen Blick, schon vergessen?"

Er verzog das Gesicht und einer seiner perlweißen Zähne spitzte hervor. „Dash, meinetwegen. Wie kann ich sie vergessen, wenn ich sie noch nie getroffen habe?"

„Sie war innerhalb der letzten vierundzwanzig Stunden zweimal hier. Wie kannst du sie da nicht gesehen haben?"

„Keine Ahnung, aber ist ja auch egal. Jedenfalls wird mein Wahrheitstrank gasförmig statt flüssig sein. Wenn ich ihn ausatme und sie ihn einatmet, befindet sie sich unter seinem Bann. Dann erfahren wir im Handumdrehen, was Sache ist."

„Wunderbar, mir hängt diese Ermittlung nämlich langsam zum Hals raus."

Merlin schüttelte den Kopf. „Wir müssen dich auf jeden Fall noch mehr abhärten. Als Vertraute wird dir noch wesentlich Schlimmeres bevorstehen als das hier."

Genervt verdrehte ich die Augen. „Wie schön, ich kann es kaum erwarten!"

Meine sarkastische Art schien ihm ganz und gar nicht zu gefallen, aber ich konnte mir nicht helfen. Ich war erschöpft, verängstigt und äußerst mies gelaunt.

„Lass das, Sarkasmus ziemt sich nicht für eine Vertraute", fauchte er.

„Ich bin nicht nur eine Vertraute, ich bin an erster Stelle ein Mensch", erinnerte ich ihn. Keine Ahnung, wo das auf einmal herkam. Wahrscheinlich hatte sich einfach zu viel in mir aufgestaut, zu viele Fragen, die zu lange unbeantwortet geblieben waren. Obwohl es ja gar nicht so lange war.

„Warum hast du gerade mich erwählt?", platzte es plötzlich aus mir heraus.

Merlin wandte sich mir zu und starrte mich an. Er blinzelte langsam. „Ich habe nicht dich erwählt, Gracie, sondern deine Großmutter. Ich war doch bereits hier, als du aufgetaucht bist."

„Also wolltest du eigentlich sie, hast aber stattdessen mich abbekommen. Schon klar. Ich bin nichts als ein Riesenfehler", schmollte ich. Sein Geständnis verletzte mich mehr, als ich erwartet hatte.

„Ein Unfall, kein Fehler. Ich habe dich monatelang beobachtet, bevor ich mich dir zu erkennen gab, um ganz sicherzugehen", erklärte er beschwichtigend. „Auch wenn du ursprünglich nicht vorgesehen warst, bin ich froh, dich zu haben."

Ich lächelte schwach. „Wirklich?"

„Wirklich. Jetzt aber Schluss mit dem Gesülze." Er marschierte zur Tür und blieb vor der Katzenklappe stehen. „Wir müssen uns auf unsere Aufgabe konzentrieren. Ich will, dass du schnurstracks zum Revier fährst. Keine Stopps oder Umwege. Ich werde dort mit dem Wahrheitstrank auf dich warten und wir gehen zusammen hinein."

„Alles klar, Boss", nickte ich. Unser Gespräch hatte mein Selbstvertrauen gestärkt. Merlin mochte mich zwar ursprünglich nicht erwählt haben, aber er tat es jetzt.

Wie sich herausstellte, war es das, worauf es ankam.

Mit seiner Hilfe und Ermutigung würde ich es schon schaffen. Und dank seines Plans würden wir in wenigen Minuten meinen Namen von der Verdächtigenliste verschwinden lassen.

Ich würde die Lage schon meistern …

Etwas anderes blieb mir auch nicht wirklich übrig.

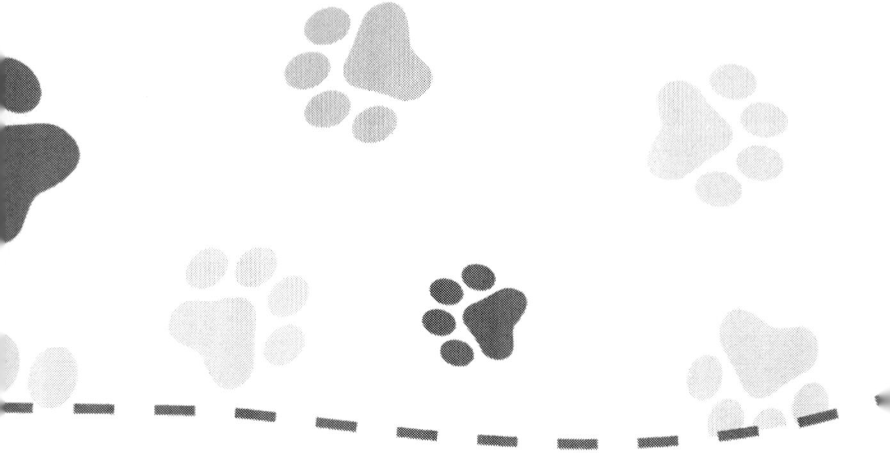

20

Entschlossen verließen Merlin und ich das Haus. Er verschwand nach hinten in den Garten, um sich an seinem Vogeltränkekessel zu schaffen zu machen, ich stieg in meinen Wagen und fuhr aus der Einfahrt. Das Polizeirevier war nur etwa fünf Minuten entfernt, also hatte ich kaum Zeit, meine Gedanken zu ordnen.

Laut Merlin hatte Beamtin Dash mich bezüglich der Todesursache angelogen. Aber warum? Eine einfache Erklärung wäre, dass der Gerichtsmediziner nicht in der Lage war, Magie nachzuweisen, und wirklich glaubte, Harold sei mit Frostschutzmittel vergiftet worden.

Mein Bauchgefühl sagte mir jedoch, dass das nicht ganz stimmte.

Hatte Dash mich absichtlich angelogen, um zu sehen, wie ich reagierte? Wenn das der Fall war, wusste sie dann, dass Magie dahintersteckte? Oder hatte sie am Ende noch gar kein endgültiges Ergebnis von der Gerichtsmedizin vorliegen?

Wieder einmal verlor ich mich in meinem Gedankenchaos. Ich war so abgelenkt, dass ich geradewegs über ein Stoppschild an einer ruhigen Kreuzung meiner Nachbarschaft fuhr, und es erst bemerkte, als es bereits zu spät war.

Verflixt. Ich musste besser auf den Verkehr achten und diesen Gedankenwirrwarr beiseiteschieben. Nach dem Besuch auf dem Revier würde es mir bestimmt leichter fallen. Zumindest nahm ich mir vor, am Straßenrand zu halten, wenn ich das nächste Mal abschweifte.

Ja, das wäre vernünftig. Dadurch würde ich mich und andere nicht unnötig gefährden.

Aber allem Anschein nach hatte ich diesen noblen Entschluss zu spät gefasst, denn plötzlich tauchte ein Streifenwagen hinter mir auf und schaltete die Sirene ein.

Nein, nein, nein!

Okay, ich war erwischt worden und verdiente eine gerechte Strafe. Das Geld für den Strafzettel würde ich schon irgendwie auftreiben. Viel mehr beunruhigte mich momentan der Gedanke, Merlin vor dem Revier warten zu lassen. Hoffentlich würde diese Verkehrskontrolle nicht zu viel Zeit in Anspruch nehmen. Bestimmt wäre Merlin sauer, weil er ein paar Minuten länger auf mich hatte warten müssen, aber ich konnte ja schlecht vor der Polizei davonfahren, vor allem, weil ich gerade sowieso im Begriff stand, deren Hauptquartier aufzusuchen.

Genervt stöhnend parkte ich also am Straßenrand. Der Streifenwagen kam hinter mir zum Stehen und durch den Rückspiegel beobachtete ich, wie eine uniformierte Beamtin ausstieg und die Tür zuknallte.

Es war Beamtin Dash höchstpersönlich.

Verflixt und zugenäht und wieder aufgetrennt!

Sie bedeutete mir, das Fenster herunterzulassen, was ich umgehend tat.

„Na, wen haben wir denn da?“, fragte sie mit einem hämischen Grinsen. „Sie sind einfach immer auf Ärger aus, was, Springs?“

„Tut mir leid“, murmelte ich. Oh, wie ich diese Situation hasste!

„Führerschein und Fahrzeugpapiere, bitte“, bellte Dash geschäftsmäßig.

Langsam griff ich in mein Handschuhfach und zog die Dokumente heraus. Anschließend fischte ich meinen Führerschein aus dem Geldbeutel und händigte alles an Dash aus.

„Ich bin gleich wieder zurück“, schnauzte sie mich an.

Während ich darauf wartete, dass sie meine Informationen aufnahm und mir einen Strafzettel ausstellte, starrte ich stur geradeaus. Die Zeit schien wie im Flug zu vergehen, denn im nächsten Moment stand sie wieder neben meinem Fenster.

„Raus aus dem Wagen!“, befahl sie mit einem eisigen, abschätzenden Blick.

„Was? Warum?“, quietschte ich nervös.

„Stellen Sie keine dummen Fragen. Tun Sie einfach, was ich Ihnen sage!“, schrie sie.

Ihr plötzlicher Wutanfall verängstigte mich so sehr, dass ich widerstandslos aus meinem Wagen stolperte. Obwohl ich völlig eingeschüchtert war, hoffte ich, sie besänftigen zu können, indem ich ihr ohne Murren Folge leistete.

„Hände gegen den Wagen“, keifte Dash.

„Was? Nein, ich habe nichts Unrechtes getan!“, rief ich verzweifelt aus.

Die Polizistin schubste mich grob gegen die Seite meines Autos.

Ein stechender Schmerz durchzog meine Schulter

und brannte noch heftiger, als sie meine Hände nach hinten riss und mir ein Paar Handschellen anlegte.

„Ich habe nichts getan“, schluchzte ich. „Bitte, lassen Sie mich gehen.“

„Hör auf zu heulen und sieh mich an!“

Als ich mich umdrehte, grinste sie mich breit an. Sie sonnte sich förmlich in diesem Augenblick!

„Ich verstehe das alles nicht“, murmelte ich. „Haben Sie neue Beweise gefunden?“

Statt einer Antwort legte Dash mir eine Hand auf die Schulter und zwang mich, ihr in die Augen zu sehen. Starr vor Schock beobachtete ich, wie ihre Augenfarbe sich von einem nichtssagenden Grau zu einem leuchtenden Grün wandelte.

Sie blinzelte einmal ... zweimal ...

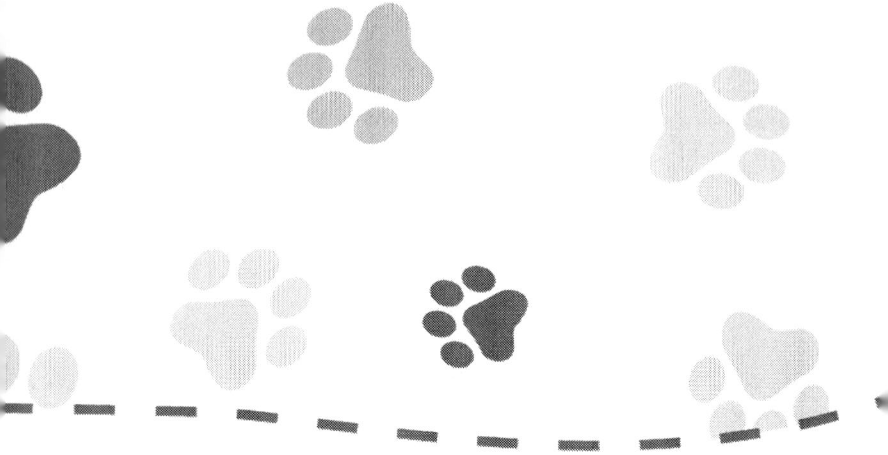

21

Unsanft fiel ich zu Boden. Da meine Hände auf dem Rücken gefesselt waren, konnte ich den Aufprall nicht abfedern. Ich kickte mit den Beinen, drehte und wendete mich, um mich in eine sitzende Position zu bringen. Endlich rollte ich gegen einen dicken Baumstamm und schaffte es, mich daran emporzuschieben.

Als ich mir einen Moment Zeit nahm, mich umzusehen, erkannte ich sofort, wo wir waren. Vor Lunas Cottage, und ich lehnte gegen denselben Magnolienbaum, an den ich mich auch bei unserem ersten Besuch nach der Teleportation geklammert hatte.

Die Haustür des idyllischen Backsteinhäuschens flog auf und Virginia kam barfuß herausgerannt. Ihre

Zehennägel waren in einem überraschend leuchtenden Lavendelton lackiert.

„Wie schön!“, rief sie, während sie auf uns zueilte. „Ist es endlich soweit?“

„Allerdings“, bestätigte Dash, die hinter mir stand. Ich versuchte, mich zu ihr umzudrehen, aber sie wurde von dem massiven Stamm des Magnolienbaums verdeckt.

„Was habt ihr mit mir vor?“, rief ich verzweifelt aus.

„Lass mich nur machen“, sagte Virginia und stolzierte mit einem sanften Blick auf mich zu, der die Grausamkeit ihrer Worte Lügen strafte. „Du solltest längst im Gefängnis sitzen, aber deine Bindung zu diesem dämlichen Kater hat sich zu schnell gefestigt, und deshalb müssen wir jetzt auf Plan B zurückgreifen.“

„Ich habe Harold nicht getötet“, versicherte ich ihr, während ich versuchte, mich aus den Handschellen zu befreien. Es erschien unmöglich, aber ich wollte nicht einfach kampflos aufgeben. Vor allem, da dies eine Auf-Leben-und-Tod-Situation zu sein schien.

„Natürlich nicht“, erwiderte Virginia mit einem regelrecht freundlichen Lächeln. „Das war ich.“

„Du?“, rief ich entsetzt aus. Sie hätte ich beim

besten Willen nicht verdächtigt. Luna, definitiv. Aber ihre magielose Vertraute? Niemals!

Virginia lachte affektiert. „Erinnerst du dich nicht daran, als du mich an jenem Tag gebeten hast, das Café zu verlassen? Ja, das war ich. Ich war überzeugt, dass bei dir endlich der Groschen gefallen war, als du gestern hier auftauchtest. Aber von wegen. So schlau bist du wohl doch nicht."

„Du warst die Kundin!" Plötzlich fiel es mir wie Schuppen von den Augen. Kein Wunder, dass Virginia mir so bekannt vorgekommen war. Sie hatte direkt unter meiner Nase gesessen! Selbst als Möchtegernermittlerin hätte mir etwas so Offensichtliches nicht entgehen dürfen.

Sie grinste noch breiter, und am liebsten würde ich ihr in das selbstzufriedene Gesicht schlagen, teils für Harold, teils für mich. „Na, siehst du, Dash, endlich hat sie es geschnallt."

Da die Beamtin nicht antwortete, ergriff ich die Gelegenheit, um eine wichtige Frage zu stellen. „Werdet ihr mich ebenfalls umbringen?"

In Sekundenschnelle wurde Virginias Miene wieder ernst. „Leider nein. Du hast uns das Leben ziemlich erschwert, weißt du? Eigentlich solltest du für den Tod des alten Geizhalses den Kopf hinhalten, damit die Behörden dich einbuchten und den

Schlüssel wegwerfen würden, bevor deine Bindung zu Merlin ihre volle Kraft entfaltet hätte. So wäre es ein Kinderspiel für uns gewesen, ihn loszuwerden. Aber du hast unsere Pläne ruiniert."

„Wie bitte?", schnappte ich und sah finster zu ihr auf. „Soll ich mich dafür etwa entschuldigen?"

„Ts, ts, keine Manieren." Virginia atmete ein paar Mal tief durch, bevor sie fortfuhr. „Morde, die in der magischen Gemeinschaft geschehen, werden sofort nachverfolgt. Hätte ich dich direkt getötet, wäre ich deswegen gefasst worden. Da aber dein ehemaliger Chef kein Mitglied der magischen Welt war, wurde sein Tod nicht weiter zur Kenntnis genommen."

„Musst du hier wirklich diese langatmige Schurkennummer abziehen?", knurrte Dash, die sich immer noch außerhalb meines Blickfelds befand. „Wir haben sie uns geschnappt. Jetzt müssen wir sie nur noch loswerden."

„Also wollt ihr mich *doch* umbringen!", rief ich triumphierend aus. Ich hatte recht gehabt. Was nicht unbedingt erfreulich war.

„Schlimmer", verkündete Virginia mit großen, funkelnden Augen. Sie schien in dieser Schurkenrolle wirklich aufzugehen.

„Was? Was soll denn schlimmer als der Tod sein?", fragte ich. Ich musste sie weiter ins Gespräch verwickeln, sodass Merlin eine Chance hatte, mich noch rechtzeitig zu finden.

Virginia warf den Kopf zurück und lachte boshaft. „Das wirst du schon noch früh genug erfahren, meine Liebe."

„Aber ich verstehe das alles nicht. Warum willst du mich aus dem Weg schaffen? Was habe ich dir je getan?"

„Gar nichts", gab sie mit einem Schnauben zu. „Aber Dash will, dass Merlin von der Bildfläche verschwindet, und da ich weiß, was zwischen ihm und meiner Meisterin gelaufen ist, stehe ich voll hinter ihr."

Also steckte ich nur in diesem Schlamassel, weil mein Casanova von einem Kater das Herz der falschen Katze gebrochen hatte ... *ganz toll*!

„Paare verlieben und trennen sich doch ständig", wandte ich ein. „Deswegen muss man jemanden doch nicht gleich umbringen."

„Ach, darum geht es doch gar nicht. Obwohl Lunas ewiges Schmachten nach diesem Schmuddelkater mir wirklich gehörig auf die Nerven geht."

„Worum geht es dir dann?"

„Wusstest du, dass Magie unbeständig ist? Je mehr davon an ein und demselben Ort existiert, desto häufiger kann es zu einer unerwünschten Reaktion kommen. Als Merlin dich zu seiner Vertrauten erwählte, wurde Lunas Magie geschwächt, um das Gleichgewicht der Stadt zu bewahren. Da ich nicht einsehe, warum wir uns damit zufriedengeben müssen, wo wir doch bisher ein ganz anderes Machtniveau gewöhnt waren, habe ich mich ohne zu zögern Dash angeschlossen, als diese mir ihren Plan unterbreitete."

„Aber würde Merlin sich nicht einfach eine neue Vertraute suchen, wenn ihr mich aus dem Weg schafft?"

Sie ließ den Kopf hängen und lachte diabolisch vor sich hin. „Du hast wirklich keine Ahnung, wie die Dinge in der magischen Gemeinschaft laufen, oder? Wenn ein Magier erst mal eine Vertraute erwählt hat, ist es schier unmöglich, sich eine neue zu nehmen. Nicht nach dem ganzen Chaos mit den beiden Merlins und Arthur damals. Und ohne eine Vertraute an seiner Seite, darf *unser* guter Merlin rechtlich gesehen keine Magie wirken. Die Machthaber würden ihn so schnell einsperren, dass er nicht mal Zeit hätte, sich wegzublinzeln."

„Genug!", schrie Dash plötzlich hinter mir. „Sie will doch nur Zeit schinden, bis ihr Katerchen auftaucht, um sie zu retten. Ich habe die Nase voll. Lass uns endlich unseren Plan zu Ende bringen!"

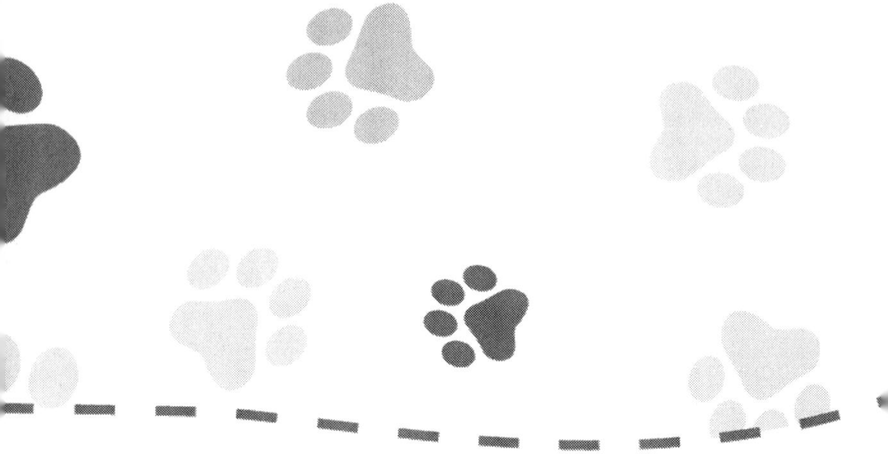

22

„Lass uns endlich unseren Plan zu Ende bringen!" Mit diesen Worten trat Dash nun in mein Blickfeld. Sie sah aus wie immer, mit Ausnahme der leuchtend grünen Augen. Die Farbe glich meiner, ebenso der von Virginia, einfach jedem, der mit Magie in Berührung gekommen war.

„Du bist keine echte Polizistin!", schnauzte ich sie an.

„Ach, wirklich? Das fällt dir ja früh auf." Die falsche Beamtin lachte grausam, hob beide Hände über den Kopf und schnipste mit den Fingern.

Die Luft um sie herum flimmerte und funkelte in einem grünlichen Dunst, während sie sich von der sarkastischen Ermittlerin in eine stämmige, schwarze Katze mit krummem Schwanz verwandelte.

Sowohl Virginia als auch ich schnappten hörbar nach Luft.

„Du bist eine Hexe!“, rief Virginia aus und zeigte vorwurfsvoll mit dem Finger auf ihre Komplizin. „Die ganze Zeit über hast du mir weisgemacht, du seist ebenfalls eine Vertraute, die unseren Status quo satthabe.“

Die schwarze Katze grinste verschlagen. „Meine liebe Virginia, nur eines davon entsprach der Wahrheit. Aber dank der anderen Flunkerei hast du mir brav in die Hände gespielt, was ich im Übrigen sehr zu schätzen wusste. Leider habe ich nun keinen Nutzen mehr für dich.“

Dash in Katzengestalt schnalzte mit der Zunge, und Virginias Gesicht verzerrte sich vor Schrecken. Ihr Mund öffnete sich zu einem stummen Schrei, ihre Füße suchten verzweifelt nach Halt, während sie etwa einen halben Meter über dem Boden schwebte.

„Was hast du ihr angetan?“, verlangte ich zu wissen und zerrte noch heftiger an meinen Fesseln. Ich konnte den Blick nicht von Virginia abwenden. Was, wenn mich das gleiche Schicksal erwartete? Warum kam kein Laut aus ihr heraus? Es wäre erträglicher, wenn sie wenigstens schreien würde.

Dash fuhr die Krallen aus und musterte sie eingehend. „Was kümmert dich das? Immerhin hat sie deinen Chef getötet und wollte dich dafür ins Gefängnis wandern lassen."

„Wir wissen doch beide, dass du dahintersteckst. Sie war lediglich eine Spielfigur deines perfiden Plans!", brüllte ich. Wir befanden uns direkt an einer großen Kreuzung. Vielleicht würde mich einer der Nachbarn hören, wenn ich laut genug schrie.

„Bestimmt hast du ihr nie den wahren Grund verraten, warum du Merlin aus dem Weg haben willst", fuhr ich fort, als sie weiterhin wortlos auf ihre Krallen starrte und meine Anschuldigungen ignorierte.

„Virginia hatte ihre eigenen albernen Motive, sie brauchte meine nicht zu kennen."

„Sag es mir", forderte ich sie auf und strampelte bedrohlich mit den Beinen. „Ich habe ein Recht, es zu erfahren."

„Du hast kein Anrecht auf irgendetwas!", fauchte sie mich an. „Und du wirst nur das bekommen, was dir auch zusteht."

Mit diesen Worten stürzte sie sich auf mich. Doch statt mich mit einem Zauberspruch anzugreifen, fuhr sie mit einer ihrer Krallen über meine Wange. Augenblicklich vergaß ich den dumpfen Schmerz in meinen Schultern. Gequält schrie ich auf, aber die Bewegung verstärkte das Brennen in meinem Gesicht nur noch mehr. Ein Blutstropfen rann meine Wange hinunter und fiel auf mein T-Shirt, wo er einen hässlichen, roten Fleck hinterließ.

Dash ignorierte mein Elend, sank zurück auf den Boden und starrte verwundert auf das Blut an ihrer Kralle. „*Hm.* Das erklärt natürlich so Einiges."

„Erklärt was? Was geht hier vor sich? Warum tust du mir das an?" Ängstlich presste ich mich gegen den Baumstamm, was dieses diabolische Mistvieh offenbar zufrieden stimmte.

Kurz stolzierte sie auf und ab, bevor sie sich wieder mir zuwandte. „Die Quasselstrippe Virginia hat dir bereits viel zu viel erzählt, aber ein kleines Geheimnis verrate ich dir noch."

Sie warf einen Blick über die Schulter auf Virginia, die immer noch in ihrer stummen Pein gefangen war. „Sieh sie dir an. Gerade durchlebt sie ihren schlimmsten Albtraum."

An Virginias erstarrter, entsetzter Miene erkannte ich, dass Dash die Wahrheit sprach.

Ein Schauer lief mir über den Rücken. Die Wahrheit war furchtbarer als jede Lüge. Warum sonst hätte Dash sie mir preisgeben sollen? „Und was soll das sein?", stammelte ich, verzweifelt bemüht, das

Gespräch am Laufen zu halten. „Spinnen? Clowns? Weiße Haie?“

Dash grinste. „Das ist ja gerade das Schöne an der Illusionsmagie: Ich muss es gar nicht genau wissen. Die Zauberkraft findet die Ängste, die Sehnsüchte, was immer ich benötige, und klammert sich daran fest. Virginia war ein Dummkopf, aber so war es nur noch einfacher, ihre Gefühle zu durchleuchten und sie mir gefügig zu machen.“

„Du bist eine Illusionshexe?“, keuchte ich. Keine Ahnung, was das bedeutete, aber es klang beängstigend.

Dash grinste mich erneut an. „Die allerbeste überhaupt.“

„Mir ist klar, warum Virginia Merlin loswerden wollte, aber was ist mit dir?“ Seltsamerweise wünschte ich mir langsam, dass Dash wieder die Gestalt der einschüchternden Polizistin annehmen würde. Die Katzenversion war so viel schlimmer.

Sie schüttelte den Kopf. *„Nein, nein, nein!* Jemandem wie dir bin ich keine Erklärung schuldig. Ich habe dich nur über Virginias Schicksal aufgeklärt, damit du weißt und fürchtest, was dich gleich erwartet.“

Trotzig hielt ich ihrem Blick stand, nicht gewillt,

mich länger terrorisieren zu lassen. „Damit wirst du nie durchkommen …“

Aber Dash schnalzte zweimal laut mit der Zunge, und schlagartig verschwand die Welt um mich herum, bis ich in nichts als endlosem Schwarz gefangen war.

Neeein!

23

„Hallo?“, rief ich verzweifelt in die Dunkelheit um mich, aber nichts regte sich. Verunsichert stolperte ich vorwärts, doch ich konnte den Boden unter meinen Füßen nicht spüren. Ich spürte überhaupt nichts, nicht einmal das kühle Metall der Handschellen, die ich eben noch getragen hatte.

Ein Lichtfunken erschien am Horizont und ich eilte darauf zu, da ich diesen finsteren Ort so schnell wie möglich verlassen wollte. Allerdings waren meine Hände immer noch hinter meinem Rücken gefesselt, obwohl ich die Handschellen selbst nicht spürte, deshalb watschelte ich eher, als dass ich rannte.

Als ich mich dem winzigen Lichtstrahl näherte,

pulsierte dieser und weitete sich aus, bis Merlin in all seiner pelzigen Pracht heraustrat. Doch statt dem sonst so strahlenden Grün waren seine Augen tiefschwarz und seelenlos.

„Ich habe dich nicht erwählt, und jetzt habe ich dich am Hals“, fauchte er und sprach somit meine tiefsten Befürchtungen aus.

„Nein, das ist nicht wahr“, erwiderte ich, als ich mich an unser letztes Gespräch erinnerte. Ich mochte zwar nicht seine erste Wahl gewesen sein, aber jetzt war er mehr als glücklich mit mir.

„Du lügst“, zischte ich.

In der nächsten Sekunde verpuffte der falsche Merlin und verschwand als Dunstwolke in der Dunkelheit.

„Du warst eine Illusion“, sagte ich laut. „Nichts weiter als eine Illusion.“

Ich hatte den Betrüger entlarvt und ihn in die Flucht geschlagen. Jetzt musste ich nur daran denken, immer nach der Wahrheit zu suchen. Hoffentlich würde diese mich aus diesem furchtbaren Gefängnis befreien.

Ein weiterer Lichtstrahl erschien zu meiner Rechten. Ich versuchte, mir Mut zuzusprechen und trat darauf zu.

Die Silhouette eines großen Mannes zeichnete

sich gegen das Licht ab. Ich konnte sein Gesicht nicht ausmachen, doch als er zu sprechen begann, erkannte ich ihn sofort. *Harold.*

„Auch wenn du mich nicht umgebracht hast, bist du trotzdem Schuld an meinem Tod“, klagte er mich wütend an.

Was sollte ich darauf erwidern? Ich konnte nicht abstreiten, dass ich in die Sache verwickelt war. Seine Anschuldigungen waren vollkommen gerechtfertigt.

Doch Harold war noch nicht fertig. Er schürte meine Schuldgefühle mit jedem weiteren Wort.

„Mir war von Anfang an klar, wie nutzlos du warst, und dennoch habe ich dich aus reiner Herzensgüte weiter bei mir arbeiten lassen. Und wie hast du es mir gedankt? Ha!“

„Es tut mir leid“, murmelte ich und spürte, wie mir die Tränen in die Augen stiegen und mir die Sicht verschleierten. „Es tut mir so, so unglaublich leid.“

„Dafür ist es ja wohl zu spät“, höhnte er. „Was geschieht, wenn du hier lebend wieder rauskommst? Willst du deinen nächsten Vorgesetzten ebenfalls umbringen?“

„Ich ...“ Meine Stimme brach. „Ich wollte das alles nicht. Es tut mir so leid.“

„Es gibt niemanden, der um mich trauert, und daran bist allein du schuld“, wütete er.

„Das stimmt nicht“, flüsterte ich und hob den Kopf. „Ihre Tochter, Kelley, vermisst Sie sehr! Sie hat sich nichts sehnlicher gewünscht, als Sie kennenzulernen. Selbst jetzt versucht sie noch, mehr über Sie zu erfahren, obwohl Sie nicht mehr leben, obwohl ihre Mutter dagegen ist. Und ich helfe ihr dabei. Ich habe ihr Geschichten über Sie erzählt, habe sie unterstützt, als sie ihrer Mutter die Stirn bot …“

Mit einem Mal wurde mir alles klar.

„Ich konnte Sie nie besonders gut leiden“, fuhr ich fort, wenn ich schon einmal die Gelegenheit hatte, mir alles von der Seele zu reden. „Aber ich habe nie gewollt, dass Sie sterben. Und daran bin ich auch nicht schuld. Ja, man hat versucht, mir den Mord anzuhängen, aber ich habe dieses magische Schicksal nicht gewählt. Es hat mich erwählt. Obwohl ich wirklich zutiefst bedauere, was mit Ihnen geschehen ist, Harold, kann ich nichts dafür.“

Puff! Seine Silhouette löste sich in eine graue Staubwolke auf und verblasste im Dunkeln.

„Ich werde mich nicht länger selbst belügen!“, schrie ich in den finsteren Abgrund hinaus. „Du kannst mich in deiner Illusion gefangen halten, aber ich kenne mein Herz! Ich kenne meinen Verstand!“

Plötzlich tauchte Beamtin Dash wie ein halbdurchsichtiges Hologramm vor mir auf. Nicht in Katzengestalt, sondern als die mir allzu bekannte Polizistin. „Du glaubst, du kannst meine Illusion überlisten?“

„Ich weiß, dass ich dazu fähig bin“, rief ich und wünschte, ich könnte ihr mit der Faust drohen.

Sie lachte erst unterschwellig, dann immer lauter und stärker. Schon bald war sie völlig außer Atem. „Du einfältiges Ding! Das hier ist kein herzerwärmender Familienfilm, in dem die Prinzessin nur fest genug an sich selbst glauben muss, um ihre weitaus überlegenere Gegnerin zu besiegen. Du bist keine Prinzessin, du besitzt keine Macht und du wirst auch nicht gewinnen.“

„Doch, das werde ich!“, schrie ich sie an, aber sie lachte nur noch lauter.

„Also gut, dann machen wir es eben auf die harte Tour. Früher oder später wirst du schon begreifen, dass die Situation hoffnungslos ist.“ Mit diesen Worten verschwand Dash und ließ mich allein in der Finsternis zurück.

Ich stolperte vorwärts, fest entschlossen, nicht aufzugeben. Die ersten beiden Illusionen hatte ich erfolgreich besiegt. Ich würde es auch mit weiteren aufnehmen können. Es würde mir gelingen, diesem verfluchten Ort zu entkommen.

Doch obwohl ich stundenlang umherwanderte, fand ich keine neuen Lichtstrahlen, und bald wurde ich der Suche überdrüssig …

Sollte es wirklich auf diese Weise mit mir zu Ende gehen?

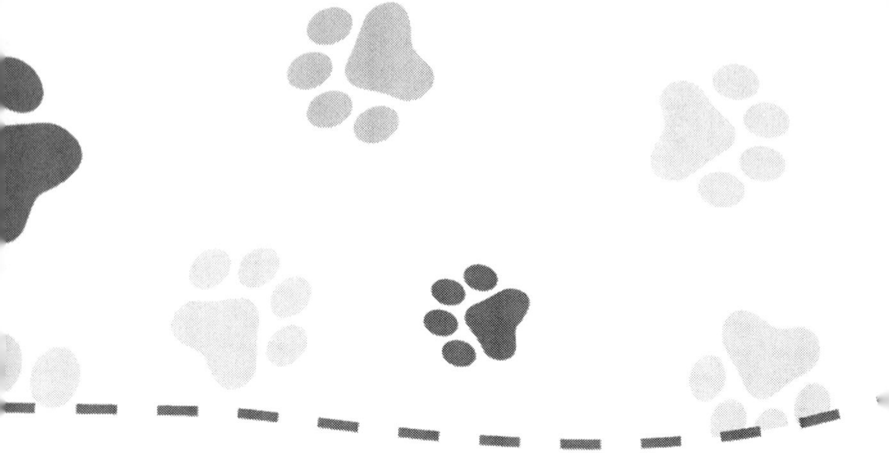

24

Selbst die Zeit wurde in meinem Gedankengefängnis zur Illusion. Die Sekunden verstrichen, ohne dass irgendetwas geschah. Ich würde hier drin noch den Verstand verlieren, falls ich das nicht schon getan hatte. Außerdem konnte ich Merlin in diesem Zustand nicht helfen, was bedeutete, dass er schon bald von der teuflischen Dash überrumpelt werden würde.

Ich hatte keine Ahnung, warum die böse Hexe es auf uns abgesehen hatte, aber ich wusste, dass wir sie nicht bezwingen konnten. Sie war einfach zu mächtig.

Angeschlagen, aber noch nicht besiegt, schloss ich die Augen und rief mir eigene Erinnerungen ins

Gedächtnis, um mich von der Monotonie des schwarzen Nichts abzulenken. Das Lächeln meiner Mutter, während wir gemeinsam vor dem großen Badezimmerspiegel unser Make-up auftrugen, Oma Grace, die mir vor dem Abschlussball das Walzertanzen beibrachte, selbst Merlin, wie er das erste Mal mit mir gesprochen und mich in eine aufregende und gefährliche neue Welt entführt hatte.

„Zeig mir die Wahrheit", sagte der Merlin in meiner Erinnerung, öffnete die Schnauze und stieß einen funkelnden Hauch Magie aus. Die Dunkelheit um mich zog sich zurück und wich grünem Rasen, blauem Himmel und der gleißenden Sonne.

Nein, das war keine Erinnerung. Das geschah wirklich!

„Ich wusste, dass mein Wahrheitstrank die paar extra Minuten Zubereitungszeit wert sein würde", sagte mein Kater, strich an meinen Händen entlang und löste meine Fesseln.

„Was ist hier los?", kreischte Virginia, die ebenfalls aus ihrer Illusion erwacht war und nun auf uns zuwankte.

„Immer schön langsam!", befahl Merlin, stampfte mit den Hinterbeinen auf die Erde und schickte zwei kleine Wirbelstürme in ihre Richtung. Diese sausten auf sie zu, wickelten sich um ihren

Körper und hielten sie zwischen den Luftwirbeln gefangen.

Es war das erste Mal, dass ich Merlins uneingeschränkte Kräfte mit eigenen Augen wirken sah, und ich war mehr als froh, ihn auf meiner Seite zu haben.

„Wie hast du mich gefunden?“, fragte ich und rollte vorsichtig die Schultern, um das Gefühl in meinen Armen wiederzuerlangen. Da ich nicht mehr in der Illusion gefangen war, spürte ich die Schmerzen wieder.

„Ganz einfach“, erwiderte Merlin, beschwor zwei weitere Wirbelstürme herauf und schickte sie in Dashs Richtung. „Ich bin unserer magischen Bindung gefolgt. Die strahlt heller als jedes Leuchtfeuer.“

Ich sah zu, wie die schwarze Katze den Luftwirbeln geschickt auswich und einen Haken zur Seite schlug.

„Wenn du mich einen Augenblick entschuldigen würdest“, sagte mein Kater, setzte sich auf die Hinterbeine und rammte dann die Vorderpfoten mit aller Macht in den Boden.

Mehrere spitze Eiszapfen schossen aus dem Himmel herunter und umringten Dash wie ein Käfig, ähnlich wie der, den Luna um Merlin herum gezaubert hatte.

„Du wirst mich nie besiegen“, fauchte Dash und rammte ihren Körper gegen das gefrorene Gefängnisgitter.

„Ziemlich großspurig für jemanden, der in einem Käfig festsitzt“, stichelte Merlin. „Warum hast du meine Vertraute entführt? Und was hat Virginia damit zu tun?“

Dash sträubte sich das Fell. „Ich schulde dir keine …“

„Sprich die Wahrheit“, befahl Merlin, und ein kleiner Rest des funkelnden Zauberspruchs entwich seiner Schnauze. Wow, mein Kater war zugleich Zauberer und ein magiespeiender Drache! Damit musste ich mich später unbedingt noch genauer befassen. Also, wenn wir lebend aus dem ganzen Schlamassel herauskämen …

Obwohl die schwarze Katze sich hartnäckig sträubte, zwängten sich die Worte nach und nach aus ihrer Kehle. „Die … einzige … die … mich … an … der … Erfüllung … meines … Schicksals … hindern … kann.“ Sie beendete ihr unfreiwilliges Geständnis mit einem wütenden Fauchen.

Merlin stolzierte zu dem Käfig hinüber und blieb knapp außerhalb Dashs Reichweite sitzen. „Oh, also geht es um irgendeine alberne Prophezeiung? Komisch, ich dachte, das sei mittlerweile verboten?“

„Keine *Prophezeiung* ... Abstammung."

Während Dash nach Atem rang, legte Merlin gelassen den Kopf schief. „Was hat Abstammung mit der ganzen Sache zu tun?"

„Meine ... Ahnen ..." Dash keuchte auf und fiel dann mit einem langgezogenen Miauen zur Seite. „Mein Geheimnis wird mit euch beiden sterben!", rief sie, scheinbar von der Wirkung seines Zaubers befreit.

„Das ist jammerschade", erwiderte Merlin und umkreiste den Käfig. „Leider hatten wir nicht vor, heute zu sterben. Nicht wahr, Gracie?"

„Nein", murmelte ich und schüttelte den Kopf.

Dash schnalzte mit der Zunge und verwandelte sich in ein kleines Insekt, das ohne Schwierigkeiten zwischen den Eisstäben hindurchflog. Mitten im Flug nahm sie wieder die Gestalt der schwarzen Katze an und landete schwungvoll auf dem Boden.

„Netter kleiner Trick", sagte Merlin, machte einen Buckel und bauschte den Schwanz auf. „Warte nur, bis du siehst, was ich mit ein wenig Elektrizität bewirken kann."

Plötzlich verdunkelte sich der Himmel und irgendwo in der Ferne ertönte ein tiefes Donnergrollen. Hoffentlich würde der Magnolienbaum mich vor dem herannahenden Sturm schützen. Oder noch besser: Hoffentlich war Merlin in der Lage, mich nicht damit zu treffen.

„Nein! Merlin, hör auf!“, rief eine heisere, weibliche Stimme. Ein weißes Fellknäul flitzte auf uns zu und sprang zwischen die beiden kämpfenden Katzen. *Luna!*

Virginias verschollene Hexe war erschienen, und ich bezweifelte, dass sie auf unserer Seite stehen würde. Bisher hatte Merlin sich wacker gegen Dash geschlagen, aber er würde es unmöglich mit zwei wesentlich erfahreneren Hexen aufnehmen können.

Ich schickte ein stummes Stoßgebet zum Himmel, während ich die Szene hilflos aus dem Schatten des Baumes heraus beobachtete. Hoffentlich hatte ich bereits genug Magie in mir gespeichert, auf die Merlin zugreifen konnte, denn andernfalls hatte ich nichts zu diesem Kampf beizutragen.

25

„Ich habe euch doch befohlen, euch von meinem Grundstück fernzuhalten!", fauchte Luna Merlin und mich an und durchbohrte uns mit ihrem wütenden Blick. „Lass auf der Stelle meine Vertraute frei!"

Merlins Augen weiteten sich, und mit starrem Blick folgte er dem Befehl der Gartenhexe.

„Nein, Merlin, tu das nicht!", rief ich verzweifelt in dem Versuch, ihn aus dem Zauber wachzurütteln, unter dem er sich befand.

„Aber ich muss Luna gehorchen", erwiderte er mit ausdrucksloser Miene.

O nein, das musste die Wirkung des Tranks sein, den sie mich vor ein paar Tagen in sein Wasser hatte mischen lassen! Ich erinnerte mich daran, wie hilflos ich mich gefühlt hatte, wie verzweifelt ich mich gegen den magischen Zwang zu wehren versuchte, wie gerne ich ihn am Morgen darauf warnen wollte und es nicht konnte.

Willenlos hatte ich dem Zauber Folge leisten müssen, und Merlin schien es nun ebenso zu ergehen.

Verflixt. Wir saßen sowas von in der Klemme!

Luna rannte zu Virginia hinüber und untersuchte sie auf Verletzungen. „Was ist hier los?“, wollte sie von ihrer Vertrauten wissen.

„Keine Ahnung“, schluchzte die adrette, ältere Frau.

„Das ist gelogen!“, keifte Dash, deren Augen wild und bedrohlich hervortraten. Sie wandte den Blick zum Himmel und schnalzte mit der Zunge, was bedeutete, dass sie Magie wirkte. Vor uns tauchte eine Illusion auf.

Das flackernde, schimmernde Bild zeigte Virginia und Beamtin Dash, die gemeinsam planten, Harold umzubringen und mir den Mord anzuhängen.

„Aber was ist mit deiner Hexe?“, hatte Dash Virginia gefragt.

„Die kann meinetwegen auch draufgehen“, keifte diese gehässig.

Ich konnte Luna durch das Trugbild zwar nicht

sehen, aber deutlich hören. „Du würdest mich hintergehen?“, fragte sie.

„Das hat sie bereits“, verkündete Dash, und mit einem weiteren Zungenschnalzen verschwand der Zauber. Ob es sich um eine Illusion oder eine tatsächliche Erinnerung handelte, war schwer zu sagen. Beides war möglich – und gleichermaßen erschütternd.

Luna peitschte mit dem Schwanz und stieß einen gequälten Klagelaut aus. Der massive Magnolienbaum hinter mir erhob sich aus der Erde.

Virginia versuchte, ihm zu entkommen, aber er umschloss sie mit einer seiner Wurzeln und schwang sie hoch in die Luft.

„Warum?“, heulte Luna, die sichtlich unter der Anstrengung litt, den Zauber aufrechtzuerhalten.

„Du hast mir keine Wahl gelassen!“, presste Virginia hervor. „Früher hat Magie dir alles bedeutet, aber in letzter Zeit warst du nichts als eine liebeskranke Närrin, die vergessen hat, was wirklich wichtig ist. Wenn Merlins Vertraute verhaftet und eingesperrt worden wäre, hätte er keine Magie mehr wirken dürfen und du hättest endlich mit dem Geschmachte aufhören und dich wieder der Ausweitung unserer Macht widmen können.“

Luna senkte den Blick, woraufhin der Baum

Virginia in die Luft warf und erst wieder auffing, als sie kurz vor dem Aufprall war.

Dabei schrie die erbärmliche Frau unablässig wie am Spieß.

Obwohl Luna am ganzen Körper zitterte, schien sie nicht nachgeben zu wollen. „Von wegen *unsere* Macht. Du hast nie welche besessen, sie war mir allein vorbehalten. Du warst nur eine einfache Angestellte.“

„In meinen Augen bist du weitaus mehr als das“, versicherte Merlin mir, während wir beide verblüfft zusahen.

„Du verdienst die Magie nicht, mit der du gesegnet wurdest!“, schrie Virginia zu ihrer Meisterin hinunter.

Luna legte den Kopf schief, sichtlich geschwächt durch den anhaltenden Zauber. „Ach, wirklich?“, fragte sie und nickte dann in Richtung des enormen Lochs, aus dem der Baum sich erhoben hatte.

Wir alle beobachteten, wie der Baum auf seinen Wurzeln dorthin zurücklief und sich wieder in der Erde verankerte. Sobald er erstarrt war, schüttelte Luna die Erschöpfung ab und rannte auf Virginia zu.

Kaum hatten deren Füße den Boden berührt, sprang die weiße Katze mit ausgefahrenen Krallen auf ihre Schultern.

„Autsch!“, kreischte Virginia, aber keiner von uns hatte sonderlich viel Mitleid mit ihr.

„Du erachtest mich also meiner Magie unwürdig?“, fragte Luna, wartete aber die Antwort ihrer Vertrauten nicht ab. „Ganz, wie du willst. Hiermit gebe ich meine magischen Kräfte auf und durchtrenne die Bindung zwischen uns!“

Der Boden bebte und Virginia fiel auf die Knie.

Luna sprang kurz vor dem Aufschlag von ihren Schultern.

„Was geschieht hier?“, wimmerte Virginia, als plötzlich ein schimmernder, grüner Dampf aus ihren Körpern aufstieg und eine dichte Dunstwolke um sie beide bildete.

„Ich bin keine Hexe mehr, und du bist nicht länger meine Vertraute. Die Magie ist frei!“, verkündete Luna.

„Neeein!“, rief Virginia verzweifelt aus und versuchte, nach den verblassenden Nebelschwaden zu greifen, als wolle sie sie mit bloßen Händen einfangen. Ich konnte sie durch den Dunst nicht allzu deutlich sehen, also konzentrierte ich mich auf die flackernde, grüne Luft um sie herum.

Und wenn ich schon nichts sehen konnte, erging es ihr gewiss nicht anders.

Der Nebel verdichtete sich immer mehr zu einer wirbelnden, undurchdringlichen Wolke.

Als diese langsam davonschwebte, eilte Virginia ihr hinterher, so darauf fixiert, etwas davon zu erhaschen, dass sie nicht darauf achtete, wohin die entweichende Magie sie führte.

Schockiert beobachtete ich, wie sie gegen die Mauer des Brunnens stieß, der Luna als Kessel gedient hatte, und über den Rand taumelte, unfähig, das Gleichgewicht zu wahren. Gemeinsam mit der grünen Wolke stürzte sie hinab in das dunkle Loch – zurück zum Ursprung der Magie.

Sekunden später war der Nebel vollständig verschwunden und man hörte einen lauten Schlag.

„Okay, die ist tot“, stellte Merlin neben mir ungerührt fest.

Da begann ich schließlich zu weinen, ich nichtsnutziges, nicht-magisches Wesen. Obwohl Virginia versucht hatte, mir den Mord an Harold anzuhängen, war sie doch eine lebendige, atmende Person gewesen.

Jetzt war sie keines von beiden mehr.

Und angesichts der geballten Bedrohung durch Luna und Dash könnte ich sehr wohl die Nächste sein.

26

Luna heulte auf und rannte zu ihrem Brunnen hinüber.

„Ich wollte sie doch nicht töten, sondern nur aufhalten!“, jammerte sie. „Ihr Verlangen nach Macht hat sie in den Wahnsinn getrieben. Ich hätte besser Acht geben müssen, bevor ich sie erwählte. Das ist alles meine Schuld.“

„Ist es nicht“, erwiderte ich, als ich mich an die Unterhaltung mit dem falschen Harold in Dashs Illusion erinnerte. Obwohl ich entfernt an seinem Tod beteiligt gewesen war, hatte ich nicht die Schuld daran zu tragen.

Und dasselbe galt nun für Luna. Virginia hatte ihre eigenen Entscheidungen getroffen. Sie hatte ihre Meisterin hintergangen, hatte blindlings der entweichenden Magie nachgejagt, woraufhin sie in den Brunnen gestürzt war.

Schon komisch, dass ich Luna als Feindin erachtet hatte, obwohl sie durch diese ganze Geschichte ebenso verletzt worden war wie Merlin und ich. Als ich die schlanke, weiße Katze betrachtete, deren einst so leuchtend grüne Augen bereits zu einem schwachen Blau verblassten, empfand ich tiefes Mitleid mit ihr.

Da fiel mir wieder ein ... Sie hatte ja ihre Magie aufgegeben! Was bedeutete, dass sie uns nie wieder würde verletzen können.

„Wo ist das andere Biest hin?“, rief Merlin neben mir aus. Er hatte bereits wieder seine Kampfstellung eingenommen, um einen weiteren Wirbelsturm heraufzubeschwören.

Mein Blick wanderte zu ihm und dann über den gesamten Garten. Luna saß schluchzend neben dem Brunnen, aber von der weitaus gefährlicheren Dash fehlte jede Spur.

„Nein! Sie ist uns entwischt“, stöhnte ich auf. Scheinbar hatte unsere wahre Feindin den Moment ausgenutzt, in dem wir durch die magische Wolke abgelenkt waren, und hatte sich unbemerkt aus dem Staub gemacht. War der dichte Nebel tatsächlich wegen Lunas Taten entstanden oder hatte Dash ihn als Illusion heraufbeschworen?

„Was für ein Feigling!“, fauchte Merlin und verzog angewidert die Oberlippe.

„Das ist sie ganz und gar nicht“, widersprach ich ihm kopfschüttelnd. So sehr ich mir auch wünschte, dass Merlin mit dieser Einschätzung recht hätte, wusste ich es doch besser. „Sowohl Plan A als auch Plan B sind fehlgeschlagen, also hat sie sich taktisch zurückgezogen. Aber sie wird bald mit einem neuen Plan wiederkehren und noch schwerer zu besiegen sein.“

„Merlin, es tut mir so leid“, maunzte Luna von ihrem Platz auf dem Rand des Brunnens aus.

Als uns klar wurde, dass sie den Posten ihrer Totenwache nicht so schnell verlassen würde, gingen wir zu ihr hinüber.

Luna taxierte Merlin mit ihrem bekümmerten, trostlosen Blick. „Meine Vertraute wollte dich vernichten. Ich dachte, ich könnte dir helfen, indem ich die Bindung zwischen ihr und mir durchtrennte, aber stattdessen verhalf ich nur der anderen Hexe zur Flucht.“

Obwohl ich sie wegen Virginias Tod bemitleidete, konnte ich sie nicht ungeschoren davonkommen lassen. Immerhin war sie an diesem Schlamassel nicht ganz unschuldig.

„Du hast einen Trank gebraut“, sagte ich anklagend, endlich in der Lage, die Worte laut auszusprechen.

Jetzt, da sie keine Magie mehr besaß, schienen sämtliche ihrer Zauber ihre Wirkung verloren zu haben. „Du hast mich gezwungen, ihn Merlin heimlich zu verabreichen und mich verhext, sodass ich ihn nicht warnen konnte.“

Lunas Augen weiteten sich, als Merlin sich aufbäumte. „Luna! Ist das wahr?“, verlangte er zu wissen.

Die weiße Katze ließ beschämt den Kopf hängen.

„Es ist wahr!“, rief ich aus und verflocht die Finger ineinander. „Sie hat mich entführt, hat mein Haar und dein Fell benutzt, um den Trank zu brauen. Ich wollte es dir erzählen, Merlin. Ich habe wirklich alles versucht.“

„Ist schon in Ordnung, Gracie. Mir ist bewusst, dass du dich dem Zauber nicht widersetzen konntest. Du bist erst neu dabei, aber wir werden an deiner Verteidigung arbeiten, damit es zukünftig schwieriger sein wird, dich zu verhexen. Alles wird gut.“ Merlin klang beinahe väterlich. Er mochte enttäuscht über den Verlauf des Geschehens sein, aber deswegen liebte er mich nicht weniger.

Die anderen hatten recht gehabt. Unsere Bindung war stark. Nicht nur die magische, sondern auch die emotionale.

Als Merlin sich wieder Luna zuwandte, verschwand der beschwichtigende Ton aus seiner Stimme. „Warum, Luna? Du hast gesagt, du seist nicht in den Plan involviert gewesen, meine Vertraute vor der Festigung unserer Bindung ins Gefängnis zu bringen, hast aber etwas so Furchtbares getan?"

Statt einer Antwort schniefte sie laut.

„Raus mit der Sprache!", bellte Merlin. Ein ziemlich paradoxer Laut aus der Schnauze eines Katers.

Luna schluchzte auf, sprang vom Rand des Brunnens zu Boden und presste sich gegen die Steinmauer. Sie sah zu Merlin, senkte den Blick aber sofort wieder, als hätte sie sich verbrannt.

„Sag etwas!", brüllte er noch lauter.

Nun richtete die weiße Katze ihre blassblauen Augen auf mich. „Ich wollte keinem von euch beiden Schaden zufügen. Es war ein …" Der Rest des Satzes wurde so leise gemurmelt, dass ich die Worte nicht verstehen konnte.

„Ein was?", hakte ich nach und neigte mich vor, um besser hören zu können.

„Ein Liebeszauber. Ein Trank, der Merlin dazu bringen sollte, sich wieder in mich zu verlieben!“ Diesmal wurde Lunas Stimme mit jedem Wort lauter und kräftiger.

Mein Blick fiel auf Merlin, der mit offenem Mund reglos dastand.

„Ich liebe dich, Merlin“, fuhr sie fort und näherte sich ihrem ehemaligen Freund. „Ich habe dich immer geliebt. Als wir beide unsere Vertrauten erwählten, habe ich mit allen Mitteln versucht, dich zu hassen. Natürlich kannte ich die Regeln unserer Gemeinschaft. Und doch … dich zu vergessen war der einzige Zauber, den ich nicht zu wirken vermochte.“

Sie hielt inne, als ihre Blicke sich trafen, und trat dann zögerlich noch einen Schritt vor.

„Jetzt habe ich meine Magie aufgegeben in der Hoffnung, dass wir zusammen sein können. Ich werde dich bis an mein Lebensende beschützen, ob mit Zauberkräften oder ohne. Ich werde dich immer lieben, komme, was wolle. Wirst du mich ebenfalls lieben?“

Gebannt hielt ich den Atem an, während wir beide Merlins Antwort abwarteten. Ehrlich gesagt hatte ich keine Ahnung, was ich erwarten sollte.

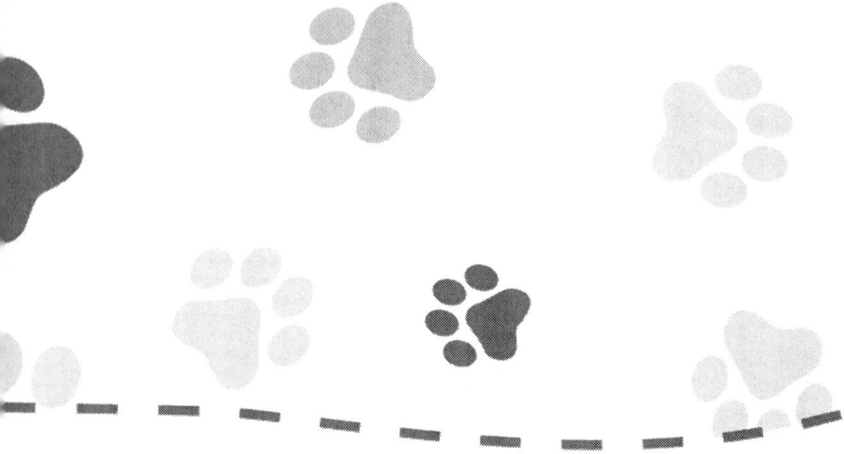

27

Mein kampferfahrener Kater wich einen Schritt zurück, dann noch einen.

Luna hatte ihm gerade ihr Herz ausgeschüttet, aber er schien verzweifelt nach einem Fluchtweg zu suchen. Auch wenn ich meinen Kater liebte, würde ich ihm definitiv den Hals umdrehen, wenn er ihr ein zweites Mal das Herz bräche.

Ja, Luna hatte mich entführt, aber da ich ihre Beweggründe nun kannte, ergab ihr Verhalten zumindest einen Sinn. Außerdem hatte sie extra für ihn ihre magischen Kräfte aufgegeben, für die minimale Chance, dass er ihre Liebe erwiderte. Das klang ganz nach einer klassischen Liebesgeschichte! Vorausgesetzt, er erwiderte ihre Gefühle.

Komm schon, Merlin! Sag ihr, dass du sie ebenfalls liebst, du flauschiger Idiot!

Merlin wich einen weiteren Schritt zurück und drehte sich dann abrupt von uns weg.

Und rannte in die entgegengesetzte Richtung davon.

So schnell hatte ich ihn noch nie rennen sehen. Er flitzte über den Rasen, schlug einen Haken und sauste im Zickzack in dieser Richtung weiter.

„*MIAUMIAUMIAUMIAUMIAU!*“, schrie er wie ein Wahnsinniger. Sein Schwanz hatte sich aufgebauscht. Er bekam kaum noch Luft. Aber trotzdem sauste er unablässig durch die Gegend und maunzte laut.

„Ich muss mich für ihn entschuldigen“, sagte ich zu Luna, während wir das Schauspiel beobachteten.

„Wofür denn? Er liebt mich ebenfalls! Er liebt mich so sehr, dass er deswegen seine wilden fünf Minuten hat!“ Luna verfolgte Merlins aufgekratztes Herumgetolle mit verklärtem Blick.

Erleichtert brach ich in Gelächter aus. „Ach, so nennt man das also?“

Langsam beruhigte er sich wieder und trottete zu uns zurück. Er ignorierte mich jedoch und hielt den Blick auf Luna gerichtet. Als er nahe genug bei ihr war, schloss er die Augen und rieb sein Gesicht gegen ihres.

Laut schnurrend rieben und leckten sie einander gegenseitig die Gesichter. Respektvoll wandte ich mich ab, konnte jedoch nicht umhin, mich zu fragen, ob wir nicht schon bald einen Wurf magischer kleiner Kätzchen zu erwarten hätten.

„Oh, Luna, du hättest mich doch nicht verzaubern müssen! Ich habe nie aufgehört, dich zu lieben, keine Sekunde lang!“, rief Merlin aus, als sie wieder voneinander abließen.

Ich räusperte mich demonstrativ, wohl wissend, dass ich gleich die nächste Schmuserunde über mich ergehen lassen müsste, wenn ich nicht einschritt. „Äh, Leute, ich freue mich ja wirklich für euch, aber wir haben immer noch einige Dinge zu klären.“

„Wie seriös sie ist“, scherzte Luna. „Was deine Vertraute angeht, hast du eine viel bessere Wahl getroffen als ich.“ Seufzend warf sie einen kurzen Blick auf den Brunnen.

Merlin schmiegte sich eng an sie. Obwohl sie sehr groß und schlank war, wirkte mein Kater durch sein buschiges, braun gestreiftes Fell viel größer als sie. Luna schien beinahe in seinem magischen Flausch zu versinken.

Die beiden starrten mich erwartungsvoll an, was

wohl bedeutete, dass ich ungehemmt fortfahren sollte.

„Tatsache ist und bleibt, dass Harold ermordet wurde und ich immer noch zu den Verdächtigen zähle ... glaube ich."

„Glaubst du?", hakte Merlin nach.

„Na ja, Beamtin Dash hat die Ermittlung geleitet, aber offensichtlich war sie ja keine echte Polizistin. Deswegen bin ich mir nicht ganz sicher." Nervös kaute ich auf meiner Unterlippe herum und wartete, was er darauf zu sagen hatte.

„Die Illusionshexe?", fragte Luna, und ich nickte. Mir war egal, wer von beiden sich dazu äußerte, solang ich eine Antwort erhielt.

„Sie wird nicht länger hier herumlungern, wo sie leicht aufzuspüren ist", beschwichtigte Luna mich. „Außerdem ist die Bindung zwischen Merlin und dir nun unlösbar. Er kann dich jetzt überall finden und retten."

„Also ist die Ermittlung auf Eis gelegt?"

„Sie hat nie wirklich stattgefunden. Dash hat die ganze Geschichte von Anfang an fabriziert", erklärte Merlin mit einem selbstgefälligen Lächeln.

So ganz konnten seine Worte mich jedoch nicht beruhigen. „Wie kannst du dir da so sicher sein?"

„Weil ich den Leichnam gesehen habe, weißt du

nicht mehr? Ich konnte unschwer erkennen, dass er durch Magie getötet worden war, aber für gewöhnliche Menschen hat es den Anschein, als sei Harold an einem plötzlichen, schweren Herzinfarkt gestorben."

Ich schüttelte den Kopf. Wie gerne würde ich ihm glauben! Aber ich musste einfach auf Nummer sicher gehen. „Das verstehe ich nicht. Wie wollte Dash mir ein Verbrechen in die Schuhe schieben, wenn es keine Beweise gab?"

„Natürlich kennen wir ihre wahren Motive nicht, aber als Illusionshexe hätte sie schon Mittel und Wege gefunden, sich zu behelfen", sagte Luna, während Merlin zufrieden neben ihr schnurrte. „Sie hätte sich als Gefängniswärterin ausgeben und Berichte fälschen können, hätte dir weismachen können, du seist von den menschlichen Behörden verhaftet worden, nur um dich dann jedoch in eine magische Zelle zu sperren. Die gute Nachricht ist, sie wird die gleiche Masche nicht noch einmal abziehen, also musst du dir erst mal keine Sorgen wegen ihr machen."

Ich seufzte. „Wie soll das gehen, wenn sie mit ziemlich großer Sicherheit irgendwann wieder aufkreuzen wird?"

„Damit befassen wir uns, wenn es soweit ist",

entgegnete Luna. „Jetzt solltest du einfach den Moment genießen. Lebe und liebe!“

Ach du grüne Neune. Genervt verdrehte ich die Augen, aber den beiden Turteltäubchen fiel das gar nicht auf.

So wirklich besser ging es mir jedoch nicht. „Na schön, ich bin erst mal aus dem Schneider, aber trotz allem ist ein unschuldiger Mann gestorben.“

„Das ist bedauernswert, aber wir können die Sache ja kaum wiedergutmachen bei ihm“, sagte Merlin.

„Bei ihm nicht, aber es gäbe da jemand anderen. Und ich hätte auch schon eine Idee ...“

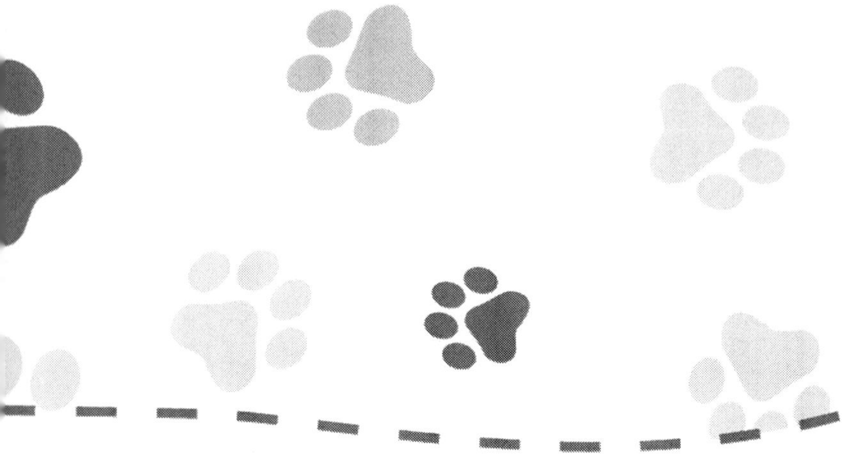

28

Nachdem unser gefährliches Abenteuer glimpflich geendet hatte, teleportierte Merlin uns drei zurück nach Hause.

Irgendwann würde ich noch meinen Wagen holen müssen, vorausgesetzt, man hatte ihn bis dahin nicht längst abgeschleppt. Aber fürs Erste wollte ich mir einfach nur ein paar Schmerztabletten einwerfen und auf meiner Couch versumpfen.

Ich schlüpfte in meinen Lieblingsschlafanzug und kuschelte mich mit meinem Tablet auf das Sofa, um die neueste Netflix-Serie anzufangen, von der jeder schwärmte. Der Vorspann war noch nicht einmal ganz gelaufen, als Merlin auf meine Brust sprang und mir die Sicht auf den Bildschirm versperrte.

„Ich habe Luna gebeten, bei uns einzuziehen, und

sie hat ja gesagt“, verkündete er und schnurrte glücklich.

Okay, er hätte mich schon erst fragen können, aber mir war klar, dass Luna sonst nirgendwo hinkonnte. Und obwohl ich bisher nie selbst die große Liebe erfahren hatte, waren die Gefühle der beiden füreinander unschwer zu erkennen. Sie sollten zusammen ihr Glück finden, und wenn das bedeutete, dass wir eine neue Mitbewohnerin bekämen, dann sollte es so sein.

„Das freut mich für dich“, sagte ich mit einem schläfrigen Lächeln.

Merlin nickte mir zu. „Gut. Ich wollte nur, dass du Bescheid weißt. Weitermachen!“

Während ich mich meiner Sendung widmete, zeigte Merlin Luna ihr neues Zuhause, inklusive der beengten Räume und altmodischen Möbel. Trotzdem hörte ich sie hin und wieder entzückt maunzen, als sie beispielsweise den Duschvorhang, die Kaffeemaschine oder das Katzenklo begutachtete. Die Keurig-Maschine mochte in der Tat beeindruckend sein, aber der Rest? Wahrscheinlich war die zusammengewürfelte Einrichtung meiner Großmutter einfach eine willkommene Abwechslung zu Virginias exzessiver Vorliebe für Blumenmuster.

Bei der dritten Episode angekommen, hörte ich

plötzlich die Katzenklappe zuschlagen. Die beiden Turteltauben waren wohl zu einem Spaziergang durch die Nachbarschaft aufgebrochen. Aber gleich darauf sprang Luna auf den Kaffeetisch und wartete, bis ich die Folge angehalten hatte, bevor sie sprach.

„Ich habe Merlin losgeschickt, um uns beiden Mädels ein wenig Zeit zum Reden zu verschaffen", sagte sie und machte es sich auf dem Tisch bequem.

Ich setzte mich auf und klopfte auf den freien Platz neben mir. „Was gibt's?"

Sie sprang zu mir herüber, holte tief Luft, und ratterte dann eine scheinbar einstudierte Rede hinunter. „Erst war ich mir nicht sicher, ob du meines Merlins würdig bist. Deshalb habe ich mich dir gegenüber so schäbig verhalten. Aber heute hast du dich mehr als würdig erwiesen. Du warst sehr mutig, aber vor allem hast du ihm in einer schwierigen Situation beigestanden, anstatt davonzulaufen oder ihn im Stich zu lassen. Ich habe mich in dir geirrt, und dafür möchte ich mich entschuldigen."

Langsam blinzelnd ließ ich ihre Worte einsinken. „Natürlich war ich für ihn da, er ist doch mein Kater! Und jetzt, da du bei uns wohnst, werde ich auch für dich da sein."

Sie begann zu schnurren. „Es wäre schön, zur Abwechslung einen Menschen zu haben, der mich liebt. Virginia war nur an meiner Macht interessiert. Ich hätte meine Wahl vorsichtiger treffen sollen, aber ich war abgelenkt und verletzt, weil ich wusste, dass Merlin und ich uns würden trennen müssen, um unseren jeweiligen Platz in der magischen Gemeinschaft einnehmen zu können." Sie hielt kurz inne. „Ich weiß, wir beide haben uns gerade erst kennengelernt, und bisher waren unsere Begegnungen nicht sonderlich positiv, aber Merlin vertraut dir, und das ist alles, was ich wissen muss. Ich liebe dich ebenso, wie er dich liebt."

„Danke, Luna", flüsterte ich bewegt. „Das bedeutet mir wirklich viel."

Sanft stupste sie mich mit der Schnauze gegen die Wange, aber ich schreckte vor Schmerz aufkeuchend zurück.

„Was ist los?", fragte Luna und sah mich aus ihren blauen Augen besorgt an.

„Dash hat mir eine üble Schnittwunde verpasst", erklärte ich und tastete mit schmerzverzerrtem Gesicht über die Stelle.

„O nein!", rief sie entsetzt aus. „Merlin und ich waren so miteinander beschäftigt, dass wir uns überhaupt nicht um deine Verletzungen gekümmert haben. Sobald er zurück ist, soll er dir eine Salbe zubereiten."

„Das wäre wunderbar“, gab ich zu. Die Hilfe könnte ich gut gebrauchen.

„Wurdest du sonst irgendwo verletzt?“, wollte Luna wissen.

„Meine Schultern sind wund, weil ich so lange gefesselt war, aber bis auf den Kratzer hat Dash mich nicht angerührt. Das war übrigens ein merkwürdiger Vorfall. Sie hat sich mein Blut angesehen und gesagt, es erkläre so Einiges. Was könnte sie damit gemeint haben?“

Luna schüttelte den Kopf. „Das weiß ich nicht. Normalerweise können Illusionshexen keine Biomasse deuten. Wenn Dash dazu in der Lage war, muss sie außergewöhnlich mächtig sein.“

Der Gedanke jagte mir einen Schauer über den Rücken. „Na toll, jetzt habe ich noch mehr Angst vor unserer nächsten Begegnung.“

Einen Augenblick lang starrte Luna in die Ferne, als sähe sie etwas, das ich nicht sehen konnte. „Es gibt einen Weg, herauszufinden, was sie weiß.“

„Tatsächlich?“ Damit hatte sie mein Interesse geweckt.

„Hat Merlin dir je von Nocturna erzählt?“

Ich schüttelte vehement den Kopf, wodurch der Kratzer an meiner Wange noch mehr brannte.

„Man kann es nur bei Nacht betreten, aber viele

von uns leben dort frei und unbeschwert“, erklärte Luna mit gedämpfter Stimme, als spräche sie von einem heiligen Ort. „Wir könnten dich dorthin mitnehmen, eine Bluthexe aufsuchen und herausfinden, was das alles zu bedeuten hat.“

„Können wir gleich heute Nacht hingehen?“, fragte ich und spürte, wie eine zarte Hoffnung in mir aufkeimte.

„Warum nicht? Allerdings liegt es an Merlin. Nur er hat jetzt noch einen magischen Pass.“

„Gut, dann frage ich ihn, sobald er zurück ist“, sagte ich mit einem dankbaren Lächeln.

„Lass mich nur machen, Gracie. Ich weiß genau, wie ich ihn rumkriege“, erwiderte sie, zwinkerte mir zu und sprang von der Couch.

Ich verzog das Gesicht und vermied es, mir vorzustellen, wie genau Lunas überzeugende Methoden aussahen. Da hatte ich wahrlich andere Sorgen!

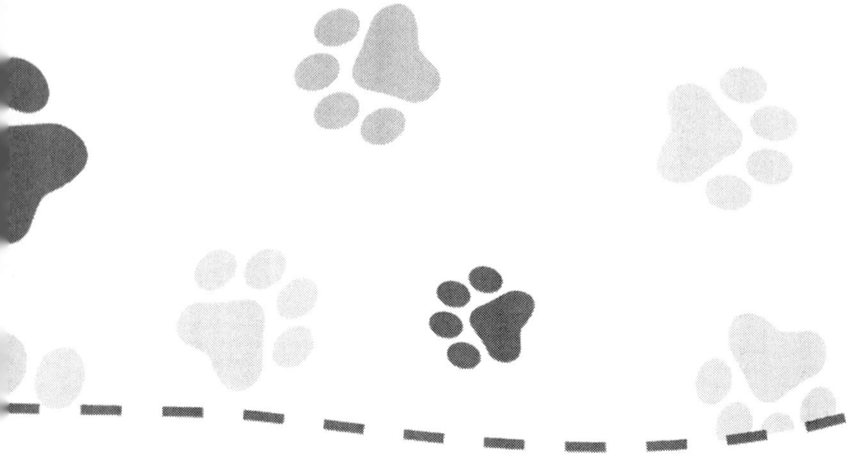

29

Mir war bewusst, dass mir nicht viel Zeit blieb, dass ich in dieser Nacht wach und munter sein musste, um die magische Stadt Nocturna zu besuchen, aber vorher musste ich noch eine Sache erledigen.

Nachdem ich meinen Plan mit Merlin abgeklärt hatte, schickte ich Kelley eine Nachricht und bat sie, mich zu treffen. Sie lud mich zu einer Runde Pumpkin Spice Latte und gefrorenem Bananenbrot in das Café ein.

Als ich endlich meinen Wagen abgeholt und zu Harolds Laden gefahren war, stand sie bereits hinter der Espressomaschine. Sobald sie mich erblickte, lächelte sie breit.

Ich lief zu ihr hinüber und umarmte sie. „Du

siehst heute so viel besser aus! Gibt es etwa gute Neuigkeiten?“

Kelley strahlte mich an. „Heute hat mich der Anwalt meines Vaters wegen des Testaments angerufen. Anscheinend hat Dad es vor vier Wochen geändert und mir seinen gesamten Besitz hinterlassen. Auch, wenn er nie wirklich die Chance ergriffen hat, mich kennenzulernen, hat er mich doch geliebt, Gracie.“

Erneut umarmte ich sie. „Wusste ich es doch!“, rief ich erfreut aus, obwohl ich nicht die geringste Ahnung hatte. „Er wollte die Sache bestimmt nur langsam angehen lassen, weil er dachte, euch bliebe mehr Zeit.“

Schlagartig wurden wir beide ernst.

„Damit hast du bestimmt recht“, sagte Kelley.

„Beamtin Dash hat mich heute kontaktiert“, eröffnete ich ihr. Der Rest meines Geständnisses würde nicht mehr ganz der Wahrheit entsprechen, aber sie musste es erfahren, um mit dieser Angelegenheit Frieden schließen zu können. „Dein Vater wurde gar nicht ermordet. Er hatte einen Herzinfarkt. Der Gerichtsmediziner, der die Fehldiagnose mit dem Gift gestellt hat, wurde umgehend entlassen.“

„Zum Glück ist er eines natürlichen Todes gestorben", erwiderte Kelley. „Aber ich bin trotzdem furchtbar traurig, dass er nicht mehr hier ist."

Nachdem sie unsere Getränke fertig zubereitet hatte, setzten wir uns in unsere Ecknische. Bisher hatte ich den wichtigsten Teil meines Plans noch nicht offenbart, zwang mich aber, damit herauszurücken, bevor ich die Nerven verlor.

„Wie geht es jetzt für dich weiter, Kelley? Ziehst du zurück zu deiner Mutter nach Ohio?"

Sie schüttelte den Kopf. „Nein, definitiv nicht. Warum sollte ich das tun, wo ich doch meinen eigenen Laden zu schmeißen habe?"

„Soll das etwa heißen …?"

„Genau, das Café gehört mir! Ich werde das Menü umkrempeln und die Gehälter erhöhen … du solltest dann wesentlich mehr verdienen als bisher. Aber den Namen werde ich zu Ehren meines Vaters beibehalten."

„Das ist ja wundervoll, Kelley! Und du wirst eine großartige Chefin sein. Ich bin schon gespannt auf alle deine Ideen."

Wie sich herausstellte, konnte sie es nicht abwarten, mir diese mitzuteilen. „Wenn du magst, erzähle ich dir gleich davon. Zunächst einmal wird es Pumpkin Spice Latte das ganze Jahr über geben! Und dann …"

„Ich unterbreche dich wirklich nur ungern, vor allem, weil das alles unglaublich klingt, aber ich muss dir noch etwas sagen“, fiel ich mit klopfendem Herzen dazwischen.

Kelley sah mich besorgt an.

„Es ist nichts Schlimmes“, versicherte ich ihr.

„Was ist es denn dann?“, fragte sie eindringlich.

Ich zog eine leere Wasserflasche aus meiner Handtasche heraus. Merlin hatte den Zauber gewirkt, um den ich ihn bat, obwohl er mich mehrmals dagegen gewarnt hatte. Trotzdem war ich überzeugt, die richtige Entscheidung getroffen zu haben.

Ich schraubte die Flasche auf und stellte sie in die Mitte des Tisches. Nichts geschah. Zumindest erschien es denjenigen so, die nicht wussten, dass sich in dem Gefäß ein unsichtbarer Zauberspruch befand.

„Was soll die leere Flasche?“, fragte Kelley verwundert.

„Beachte sie gar nicht“, erwiderte ich und wartete, bis sie wieder zu mir sah.

Erst, als unsere Blicke sich trafen, fuhr ich fort. „Das klingt jetzt vielleicht merkwürdig, aber ich möchte, dass du mir gleich die erste Antwort nennst, die dir in den Sinn kommt, okay?“

Kelley zuckte nur mit den Achseln. „Okay.“

„Wenn du dir irgendetwas wünschen könntest, egal was, was würdest du dir aussuchen?"

Sie schnaubte belustigt. „Wie bei einer guten Fee?"

„So in der Art", antwortete ich und lächelte geheimnisvoll. „Du musst nicht gleich damit herausplatzen, nimm dir ruhig einen Moment Zeit. Aber nicht zu lang. Und dann sag mir, was dein größter Wunsch ist."

Sie lächelte über das ganze Gesicht. „Also, ich glaube ..."

„Warte!", unterbrach ich sie, griff nach der Flasche und drückte sie kräftig zusammen. „Hol erst noch tief Luft", wies ich sie an, um sicherzugehen, dass sie alles einatmete.

Nervös sah ich zu, wie Kelley den unsichtbaren Zauber einsog und wartete, was sie als Nächstes sagen würde.

Sie wusste genau, was sie wollte. „Ich möchte das Vermächtnis meines Vaters in Ehren halten, indem ich Harolds Kaffeehaus zum erfolgreichsten Café dieser Stadt mache", sagte sie mit entschlossener Miene.

„Das wirst du", versprach ich ihr.

Immerhin hatte ich ihr gerade meinen Wünsch-dir-was-du-willst-Zauber, der jeder Vertrauten zustand, geschenkt. Merlin hatte die Idee nicht gefallen, da es nur einen einzigen davon gab. Gut, jetzt würde ich nie die nächste Lady Gaga oder sonst jemand Berühmtes werden … Aber Kelley hatte diese einmalige Gelegenheit mehr gebraucht als ich. So fühlte es sich einfach richtig an, vor allem, wenn man bedachte, wie viel sie wegen uns verloren hatte.

Ich konnte ihr Harold nicht zurückbringen, aber ich konnte dafür sorgen, dass seine Tochter ein erfülltes Leben führte, und genau das hatte ich hiermit getan.

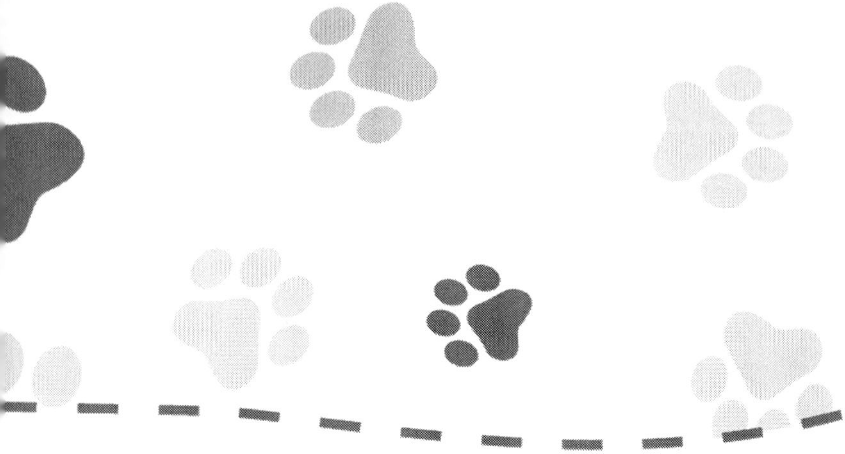

30

Zurück zu Hause zeigte ich den beiden Katzen die leere Flasche, in der ich den Zauber zu Kelley transportiert hatte.

„Ja, er ist weg“, jammerte Merlin und warf sich theatralisch zu Boden. „Ich kann nicht glauben, dass du ihn einfach so verschenkt hast.“

„Sie hat eben ein gutes Herz“, sagte Luna, die um meine Beine strich und ihren langen, weißen Schwanz hin und her schlug. „Meine Vertraute hat sich zugrunde gerichtet, weil sie zu machtbesessen war, deine hat ihre Macht freigiebig verschenkt. Du bist ein echter Glückspilz.“

„Das bin ich in der Tat“, gab Merlin mit einem Zwinkern zu. „Auch wenn sie ein klein wenig verrückt ist.“

„Was geschehen ist, ist geschehen“, erwiderte ich achselzuckend. Bevor ich mich mit Kelley traf, hatte Merlin mir einen Heiltrank gebraut, der mir die Schmerzen in den Schultern und auf der Wange nahm, wodurch ich mich wieder unbeschwert bewegen konnte. „Konzentrieren wir uns lieber auf unseren nächsten Schritt.“

„Bist du sicher, dass du dazu bereit bist?“, fragte er mich angespannt. „Nocturna kann für jemand so Unerfahrenen wie dich ziemlich überwältigend sein.“

„Ich bin mir sicher“, sagte ich und presste entschlossen die Lippen zusammen. „Es ist besser, die Wahrheit zu kennen, als unwissend zu sein.“

„Die Sonne geht unter“, merkte Luna an. Wir beide sahen zu Merlin und warteten darauf, dass er das Wort ergriff.

„Dann mal los“, verkündete er.

Ich folgte ihm zur Tür, wo er schnurstracks durch die Katzenklappe rannte.

Luna wartete auf mich und lächelte mir ermutigend zu. „Denk dran, du schaffst das!“

Ich holte tief Luft und trat nach draußen in die goldene Abenddämmerung.

Merlin thronte bereits auf dem Becken seines Vogelbrunnens. „Sobald die Sonne hinter dem Horizont versinkt, öffnet sich in meinem Kessel ein

Portal, das uns nach Nocturna bringt. Gleich ist es soweit."

„Wie soll ich denn da durchpassen?", quietschte ich und betrachtete das nicht allzu große, steinerne Becken skeptisch.

„Mit Magie natürlich!", lachte Luna und positionierte sich neben Merlin.

„Komm einen Schritt näher", sagte er zu mir, tauchte eine Pfote ins Wasser und fuhr Luna damit über die Stirn.

„Beug dich weiter herunter", wies er mich an. Als ich seiner Aufforderung nachkam, befeuchtete er seine Pfote erneut und strich diesmal mir über die Stirn. „Luna geht als erstes hindurch. Ich bilde die Nachhut, um sicherzugehen, dass nichts schiefläuft."

„Moment, was soll das heißen? Könnte denn etwas Gefährliches geschehen?"

„Mach dir keine Sorgen, Gracie", säuselte Luna.

In der Ferne erloschen die letzten Sonnenstrahlen. Der Kessel erglühte in einem hellen Grün und verschluckte Luna mit Haut und Haar.

„Warte, das will ich nicht tun!", rief ich aus und trat einen Schritt zurück.

„Zu spät", sagte Merlin und beschwor einen Windstoß herauf, der mich geradewegs in den Brunnen drängte. Ich schloss die Augen und bereitete mich auf den Aufprall vor, unentwegt schreiend, bis mir plötzlich auffiel, dass alles in bester Ordnung war.

Als ich die Augen wieder öffnete, befand ich mich auf einem dunklen Steinpfad. Beide Katzen warteten neben mir. Die umliegenden Gebäude erinnerten an einen bayerischen Baustil, weißer Putz mit dunklen Querbalken.

Luna stupste mich an. „Wie gefällt es dir?“

„Es sieht aus wie im Märchen!“ Auf den ersten Blick hatte ich mich in das kleine, magische Städtchen verliebt.

„Dieses Gebiet wurde besiedelt, als die Gebrüder Grimm sich größter Beliebtheit erfreuten. Damals wollten alle den Deutsches-Dörfchen-Look, und Nocturna war keine Ausnahme“, erklärte Luna voll Stolz.

„Wo sind denn alle?“, fragte ich.

„Die wachen bestimmt gerade erst auf. Wir Katzen agieren doch bevorzugt bei Nacht“, erinnerte Luna mich. Natürlich.

„Folgt mir“, befahl Merlin, und wir gesellten uns zu ihm. Er führte uns zu einem Planwagen, vor den allerdings keine Pferde gespannt waren.

„Wir wünschen eine Deutung“, rief Merlin hinein.

Kurz darauf steckte eine Red-Point-Siamkatze den Kopf aus dem Wagen. Seine Augen wurden groß, als er Merlin erblickte. „Und was bietet ihr als Gegenleistung?“

„Alles außer Blitzzauber“, erwiderte Merlin und baute sich zu seiner vollen Größe auf.

„Wie wäre es mit einem Regensturm?“, fragte der Siamkater habgierig.

„Abgemacht!“, nickte Merlin zustimmend.

„Wundervoll. Dann wollen wir doch mal sehen, was wir hier haben.“

Luna führte mich näher an den Planwagen heran. „Setz dich ruhig.“

„Muss Merlin nicht erst bezahlen?“, flüsterte ich ihr zu.

„Sie sind einen mündlichen Vertrag eingegangen, der durch Magie besiegelt wurde“, erklärte sie. „Keine Sorge, das ist alles geregelt.“

„Wird das wehtun?“, fragte ich den Red Point, der neben mir auf die Sitzbank sprang.

Er schnaubte pikiert. „Also bitte! Für was für eine Art von Blutmagier hältst du mich?“

Ich verstummte. Es wäre wohl besser, nicht zu erwähnen, wie sehr Dash mich verletzt hatte, als sie mir Blut abnahm. Der Siamkater ließ sich auf meinem Schoß nieder und berührte mit einer Pfote meinen Hals. Ich spürte nichts, aber als er seine Tatze zurückzog, schimmerte das Blut an seinen Krallen im Mondlicht.

Mit großen Augen starrte er auf die rote Substanz. „Das gibt es doch nicht!“

„Was? Was ist denn?“, verlangte Merlin zu wissen. Er klang noch nervöser, als ich mich fühlte.

„Das hier ist deine Vertraute?“, fragte der Blutmagier, sah von seiner Pfote zu mir und wieder zurück.

„Ja, ist sie. Ist alles in Ordnung?“

„Mehr als das!“, rief er aus, beinahe hysterisch vor Freude. „Ihr Blut ist ganz besonders mächtig. Sie ist eine Nachfahrin des allerersten pflichtbewussten Vertrauten.“

„Arthur?“, keuchte Luna überrascht auf.

„König Arthur, der wahre Gefährte des großen Merlins“, bestätigte der Blutmagier.

„Und du bist ein Nachfahre Merlins?“, fragte ich meinen Kater. Ich erinnerte mich, dass er mir die Geschichte bei unserem ersten Gespräch erzählt hatte.

Dieser nickte, starrte aber weiterhin ausdruckslos geradeaus.

„Was hat das zu bedeuten?“, fragte ich unsicher.

„Es bedeutet, dass ihr beide die stärkste Bindung

unter allen Hexen und Vertrauten auf der Welt habt“, erklärte Luna in einem ehrfürchtigen Flüsterton.

„Kein Wunder, dass unsere Bindung sich so schnell gefestigt hat“, murmelte Merlin.

„Aber wir wussten doch bereits, dass wir eine starke Bindung haben“, gab ich zu bedenken.

„Mag sein“, stimmte der Siamkater zu. „Doch ihr solltet Schweigen darüber bewahren, denn es gibt viele, die euch nur zu gerne voneinander trennen würden, wenn sie es wüssten.“

Dash wusste es …

Und sie heckte bestimmt schon den nächsten Plan aus.

Wie geht es weiter?
Finde es schnell heraus …

***Merlin bezwingt einen Geist* ist jetzt erhältlich.**

Sichere dir noch heute dein Exemplar, damit du direkt mit der Fortsetzung dieser verrückten Krimiserie weiterlesen kannst!

* * *

Und vergiss nicht, dich in Mollys Liste einzutragen, damit du über alle Neuerscheinungen, monatlich stattfindende Verlosungen und weitere coole Aktionen (einschließlich jeder Menge Katzenfotos) informiert bleibst.

Dafür musst du nur hier klicken: Katzengeheimnisse.com/abonnieren

WIE GEHT ES WEITER?

Es war schon schwierig genug, als Vertraute meines magischen Katers zu fungieren, als wir uns sichtbaren Bedrohungen stellen mussten, aber nun hat er es auch noch geschafft, sich mit einem Geist anzulegen, der aus dem Nichts auftauchte. Da frage ich mich doch ernsthaft …

Wie zum Geier sollen wir dieses Ding denn nur besiegen?

Ich vermisse ja schon ein wenig die einfachen Tage, als meine größte Sorge der Themenwahl meiner Masterarbeit galt sowie dem Bemühen, nicht von meinem Aushilfsjob als Barista gefeuert zu werden. Obwohl ich mir die Magie nicht ausgesucht habe, hat sie zweifellos mich erwählt. Jetzt muss ich nur noch lange genug am Leben bleiben, um auch ein paar der Vorzüge genießen zu können ...

KLICKE HIER, um dir dein Exemplar zu sichern und noch heute zu lesen anzufangen. Oder blättere einfach weiter und stürze dich direkt in das erste Kapitel.

Viel Spaß!

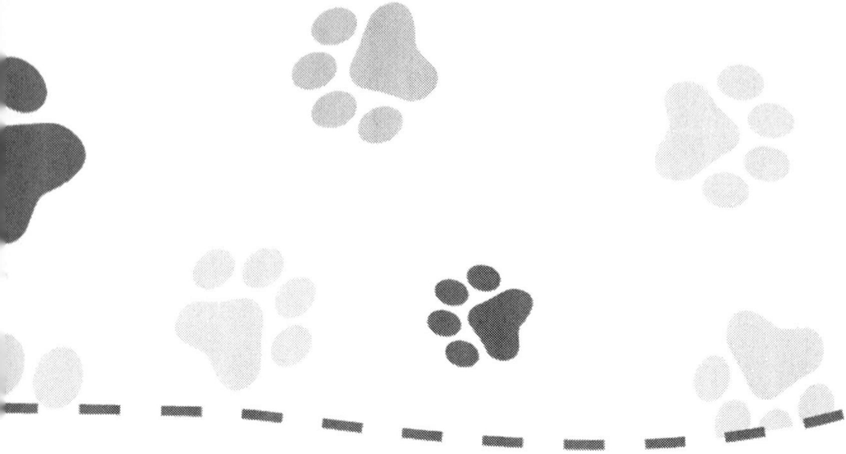

KURZE VORSCHAU

MERLIN BEZWINGT EINEN GEIST

Hallo allerseits, mein Name ist Gracie Springs. Bis vor einer Woche war ich eine ganz gewöhnliche, junge Frau. Aber dann wurde mein Chef ermordet … und zwar mit Magie! Daraufhin wollten die fiese Hexe und deren Gespielin, die dahintersteckten, mir alles in die Schuhe schieben.

Außerdem habe ich herausgefunden, dass ich eine Nachfahrin von König Artus bin. Mein magischer Kater, der plötzlich angefangen hat zu sprechen, hat mich als seine Vertraute auserwählt. Ursprünglich hatte ich ihn Flauschi getauft, aber nun weiß ich, dass er eigentlich Merlin heißt und ebenfalls von berühmter Herkunft ist. In ihm fließt das Blut des ursprünglichen Merlins.

Nein, damit meine ich nicht diesen menschlichen Hochstapler, den alle aus den Geschichten kennen, sondern den wahren Zauberer, der tatsächlich auch eine Katze war.

Dank unserer verknüpften Abstammung besteht zwischen Merlin und mir eine unzerstörbare Bindung ... Na ja, so gut wie unzerstörbar.

Nach der ganzen Aufregung ist es der fiesen Hexe gelungen zu entkommen, aber wir wissen beide, dass sie früher oder später mit einem neuen Plan zurückkehren wird, um Merlin ein für alle Mal seine magischen Kräfte zu entreißen.

Währenddessen habe ich versucht, den Schein eines ganz normalen Lebens zu wahren, indem ich weiterhin als Teilzeit-Barista in Harolds Kaffeehaus arbeite. Das Café wird gerade nach den Vorstellungen unserer neuen Chefin, Kelley, Harolds entfremdeter Tochter sowie Erbin, umgemodelt.

Außerdem stehe ich kurz davor, meinen Masterstudiengang in Soziologie abzuschließen. Ich muss nur noch meine Abschlussarbeit schreiben, dann kann ich mir einen richtigen Job suchen, anstatt ein paar Stunden pro Woche Kaffee auszuschenken.

Aber das ist leichter gesagt als getan, denn ich bin ziemlich damit beschäftigt, mich in meine neue Rolle als Vertraute eines Magiers einzufinden. Sowohl

Merlin als auch seine Freundin Luna, die neuerdings bei uns wohnt, halten mich Tag und Nacht auf Trab.

Ich muss auf alles vorbereitet sein, wenn uns der nächste magische Angriff ereilt, was definitiv früher oder später der Fall sein wird.

Garantiert hätte meine Großmutter sich nicht einmal im Traum vorstellen können, was mich erwarten würde, nachdem sie mir ihr Häuschen in einer kleinen Vorstadt Georgias überschrieben hat, um ihren Ruhestand auf den Florida Keys zu verbringen. Sie wusste definitiv nicht, dass ihr flauschiger Maine Coon sie observierte, um zu sehen, ob sie sich als Vertraute eignen würde, nur um mich dann an ihrer statt zu erwählen.

Obwohl mein Leben total auf den Kopf gestellt wurde, möchte ich es um nichts in der Welt eintauschen. Ich liebe Merlin und ich liebe unsere gemeinsamen Abenteuer, auch wenn sie mir für gewöhnlich einen ganz schönen Schrecken einjagen.

Ich selbst kann zwar keine Magie wirken, aber trotzdem spiele ich eine wichtige Rolle bei unserem Kampf gegen die boshafte Illusionshexe, die es auf uns abgesehen hat.

Wenn sie uns das nächste Mal angreift, werde ich bereit sein.

. . .

Ein schriller Schrei riss mich abrupt aus dem Schlaf.

Meeeeeeeeeeh!

Panisch fuhr ich im Bett hoch und griff nach meinem Handy, um die Taschenlampenfunktion einzuschalten. „Wer ist da?“, verlangte ich zu wissen.

Aber statt einer Antwort hörte ich nur, wie Merlin über die Dielen im Gang flitzte.

Meeeeeeeeeeh!

Wieder ertönte der Schrei, und diesmal erkannte ich, dass es Luna war, die sich die Seele aus dem Leib kreischte.

Und so ging es die nächsten Minuten weiter. Kreisch … Trappel. Kreisch … Trappel. Schließlich schleppte ich mich hinaus in den Korridor, wo ich meine beiden Katzen vorfand, die mit angelegten Ohren und großen Augen an die Decke am anderen Ende des Gangs starrten.

„Was ist hier los?“, fragte ich, da die zwei durchaus in der Lage waren, sich in Worten auszudrücken.

„G-G-G-Geist!“, stotterte Merlin, bevor er erneut den kurzen Gang entlangsprintete.

Ich blickte hinauf zu der Ecke, die Luna fixierte, ohne dabei zu blinzeln. Da war überhaupt nichts.

Trotzdem hakte ich nach: „Was siehst du?“ Üblicherweise war sie die Vernünftigere von beiden …

oder zumindest diejenige, die sich mir gegenüber bereitwilliger öffnete.

„Bisher sehe ich nichts“, flüsterte sie, ohne den Blick von der Decke abzuwenden. „Aber dort oben bildet sich eine Energiequelle. Sie ist noch nicht ganz in unserer Welt angekommen. Wird aber bestimmt nicht mehr lange dauern.“

„Also siehst du die Vorstufe eines Geists?“, fasste ich zusammen.

„So in der Art.“

„Aber wie kannst du dir sicher sein? Du besitzt keine Magie mehr“, gab ich zu bedenken.

Luna fauchte ungehalten. „Ich bin zwar keine Hexe mehr, dafür aber immer noch eine Katze. Wir alle können Übernatürliches wahrnehmen, ob magisch oder nicht.“

„Dinge, die aus anderen Dimensionen stammen, wie Nocturna?“, fragte ich interessiert. Damit bezog ich mich auf die magische Stadt, die nur von Zauberwesen zur Dämmerstunde betreten werden konnte.

Merlin fauchte laut und trat mit den Hinterbeinen in die Luft.

„Das lassen wir mal schön bleiben!“, rief ich und hob ihn hastig in meine Arme. „Keine Wirbelstürme im Haus!“

Missmutig murrte er vor sich hin, bis ich ihn wieder absetzte.

„Wir müssen den Geist loswerden, bevor er hier endgültig Gestalt annimmt“, erklärte Luna mir mit besorgtem Blick.

„Es ist ein ziemlich schlechtes Zeichen, dass er so bald nach seiner Reise ins Jenseits hier aufgetaucht ist“, fügte Merlin hinzu. Als ich ihn ansah, bemerkte ich, dass er einen Buckel machte und seinen Schwanz aufgeplustert hatte.

Also nahm ich ihn erneut in die Arme. „Und Blitzgewitter im Haus gleich zweimal nicht!“

„Aber was sollen wir dann tun?“, japste Luna.

„Erst mal mache ich mir einen Kaffee“, seufzte ich resigniert. Mir war klar, dass die beiden keine Ruhe geben würden, bis ich diese geisterhafte Erscheinung irgendwie beseitigt hätte ... oder zumindest weit weg von unserem Haus schaffte.

ÜBER MOLLY FITZ

Obwohl USA-Today-Bestsellerautorin Molly Fitz genau genommen nicht mit Tieren sprechen kann, führen sie und ihre drei tierischen Co-Autoren oft tiefgründige und lebhafte Gespräche, während sie den alltäglichen Dingen des Lebens nachgehen.

Molly lebt mit ihrem komödiantischen Ehemann, einer divenhaften Tochter und ihrem eigenen Privatzoo irgendwo in der Wildnis von Alaska. Gelegentlich wagt sie sich hinaus, um ein exquisites Essen zu genießen, einen guten Kaffee zu trinken oder neue Tierfreunde zu treffen.

Erfahre mehr über Molly und ihre deutschen Veröffentlichungen, indem du dich gleich für ihren Newsletter anmeldest:

www.katzengeheimnisse.com

MISS DOLITTLES GEHEIMNIS

Angie Russo hat sich gerade mit dem ersten sprechenden Katzendetektiv von Blueberry Bay zusammengetan. Gemeinsam mit seiner bunt zusammengewürfelten Schar menschlicher und tierischer Helfer ist Octocat fest entschlossen, jede Situation zu retten – solange sie nicht mit seinem persönlichen Zeitplan kollidiert.

Viel Spaß mit Band 1 – **Kommissar Katerchen**

MERLINS MAGISCHE ABENTEUER

Gracie Springs ist keine Hexe ... ihr Kater hingegen schon. Jetzt muss sie alles in ihrer Macht Stehende tun, um sein Geheimnis zu wahren, oder sie riskiert, den Rest ihres Lebens in einem magischen Gefängnis zu verbringen. Zu dumm, dass sie den Ärger geradezu magnetisch anzuziehen scheint!

Viel Spaß mit Band 1 – **Merlin findet eine Vertraute**

AGENTUR FÜR PARANORMALE ZEITARBEIT

Tawny Bigfords gewöhnlich zu nennendes Leben nimmt eine magische Wendung, als sie über die Leiche ihrer Vermieterin stolpert und von einer sprechenden schwarzen Katze rekrutiert wird, die Rolle der Verstorbenen als offizielle Stadthexe von Beech Grove, Georgia, zu übernehmen.

Viel Spaß mit Band 1 – **Eine Hexe für alle Gelegenheiten**

MOSS O'MALLEYS MAGISCHE MISSIONEN

Moss O'Malley ist weder eine echte Katze noch ein richtiger Polizist. Er steckt in einem Pelzkörper fest, als Strafe dafür, dass er sich bei seinen Trickbetrügereien erwischen ließ. Und eigentlich ist er auch kein Spitzel, jedoch bereit, alles zu tun, um nicht wieder in diesem schrecklichen Katzengefängnis zu landen …

Viel Spaß mit Band 1 – **Gekrallte Gerechtigkeit**

DAS GEISTERHAFTE GÄSTEHAUS (MIT TRIXIE SILVERTALE)

Sydney Coleman hat alles erreicht – und doch steht sie irgendwann vor dem Nichts. Gerade, als sie ihr neues Bed and Breakfast eröffnen will, stellt sich ihr ein Geistertrio auf Schritt und Tritt in den Weg. Die

Geister bestehen darauf, dass sie den Mord an ihrer Herrin aufklärt, aber Sydney braucht dringend Geld. Wenn nicht bald ein paar zahlende Gäste eintreffen, ist ihre Spukvilla dem Untergang geweiht.

Viel Spaß mit Band 1 – ***Mörderischer Mondschein***

DAS MIAUENDE MEDIUM (MIT L.A. BORUFF)

Mags McAllister liebt ihr einfaches Leben als Kerzenmacherin im idyllischen Larkhaven in Georgia. Als jedoch eines Tages eine Katze mit zwei unterschiedlichen Augenfarben auftaucht, muss sie feststellen, dass sie die Fähigkeit besitzt, mit dem Reich der Geister zu kommunizieren ... Immer mehr Personen, die schon lange tot sind, treten an sie heran und bitten sie um Hilfe bei der Lösung ihrer ungeklärten Fälle.

Viel Spaß mit Band 1 – **Geheimnisse des Schreckgespenstes**

VERBINDE DICH MIT MOLLY

Wenn du ebenfalls ein großer Fan von spannenden, schrägen Tierkrimis bist, sollten wir unbedingt Freunde werden.

Wie wäre es, wenn du direkt einmal meine Facebook-Seite besuchst, die ich speziell für meine treuen deutschen Leser eingerichtet habe? Hier der Link dazu:

Facebook.com/Katzengeheimnisse

Oder melde dich für meinen Newsletter an und sichere dir als Abonnent gratis ein digitales Geschenkpaket, einschließlich einer exklusiven Kurzgeschichte über Octocat:

Katzengeheimnisse.com/Abonnieren

Printed in Poland
by Amazon Fulfillment
Poland Sp. z o.o., Wrocław

31301354R00149